Marlen Haushofer:

Die Frau mit den interessanten Träumen

Erzählungen

Deutscher
Taschenbuch
Verlag

dtv

Von Marlen Haushofer
sind im Deutschen Taschenbuch Verlag erschienen:
Begegnung mit dem Fremden (11205)
Bartls Abenteuer (11235)
Wir töten Stella (11293)
Schreckliche Treue (11294)

Mai 1990
2. Auflage Januar 1991
Deutscher Taschenbuch Verlag GmbH & Co. KG,
München

Die vorliegenden Erzählungen sind entnommen aus
dem Band ›Begegnung mit dem Fremden‹, claassen
Verlag, Düsseldorf 1985 (ISBN 3-456-44189-3).
Sie wurden zuerst 1956 unter dem Titel ›Die Vergißmeinnichtquelle‹ im Bergland Verlag, Wien,
veröffentlicht.
Umschlaggestaltung: Celestino Piatti
Gesamtherstellung: C. H. Beck'sche Buchdruckerei,
Nördlingen
Printed in Germany · ISBN 3-423-11206-9

Inhalt

Das Morgenrot

Es dauerte geraume Zeit, bis die junge Frau begriff, daß man sie vergessen hatte, mitten im Wald, in der einbrechenden Dunkelheit, hilflos und allein.

Zunächst war sie so entsetzt über diesen Gedanken, daß ihr Herzschlag aussetzte. Dann begann sie leise zu weinen.

Sie befand sich auf der Flucht. Ein gutmütiger Autolenker hatte sie und ihr Bündel mitgenommen, als er gesehen hatte, daß sie bald ein Kind bekommen würde und daß das Blut aus ihren wundgeriebenen Füßen in die zerrissenen Strümpfe gestiegen war. Hier, auf der Höhe des Passes, war der Wagen plötzlich stehengeblieben. Alle mußten aussteigen und das steilste Stück zu Fuß gehen, während der Lenker allein vorausfuhr.

Schließlich hatte man auf den frischgeschnittenen Stämmen gerastet, und die junge Frau war hinter einer großen Fichte vor Müdigkeit eingenickt.

Nun sah sie die Landstraße vor sich liegen, die weiß und kalt im Mondlicht schimmerte.

Man würde sie nicht vermissen, es war dunkel im Wagen, und kein Mensch hatte sie gekannt. Ihr Bündel war auf jeden Fall verloren, und sie mußte sehen, am anderen Morgen mit einem anderen Fußwerk weiterzukommen.

Denn gehen würde sie wohl nicht mehr können.

Seit dem Morgen fühlte sie ständig Schmerzen in Leib und Rücken, sie vermutete, daß es die ersten Wehen waren, und war beunruhigt. Trotz der kühlen Nachtluft wurde ihr glühend heiß bei dem Gedanken, daß sie hier – ohne jede Hilfe – ihr Kind zur Welt bringen sollte.

Aber es blieb ihr nicht allzuviel Zeit zum Überlegen. Die Wehen setzten plötzlich mit größerer Heftigkeit ein und ließen den Schweiß auf ihre Stirne treten.

Sie umklammerte mit beiden Armen den glattgeschälten Fichtenstamm und preßte das heiße Gesicht an die kalte Fläche. Ein seltsames Schamgefühl hielt sie davon ab, unter den stummen, dunklen Bäumen zu schreien.

Als es ärger wurde, bohrte sie die Zähne in den Handrücken und schlug die Stirn heftig an das Holz.

In den Pausen zwischen den einzelnen Wehen lag sie erschöpft, das Gesicht an die Erde geschmiegt, und fühlte kaum, daß ihr die Tränen über die Wangen liefen.

Der starke Harzgeruch der geschnittenen Stämme erfüllte die Nachtluft und brachte Trost und Mut.

Trotzdem hätte die junge Frau später gewiß doch noch geschrien, aber eben als eine neue Welle von Schmerzen sie dazu zwingen wollte, ging ein gewaltiger Riß durch ihren Leib, und sie hörte die laute Stimme ihres Kindes.

Erstaunt richtete sie sich auf, sah es im Mondlicht zwischen ihren Beinen liegen und fühlte, daß es mit beiden Händchen an ihre Knie schlug.

Es war ein Knabe und so groß und stark, daß sie fast nicht glauben konnte, ihn noch vor wenigen Minuten in ihrem Leib getragen zu haben.

Ich muß sofort die Nabelschnur abbinden, ging es ihr durch den Kopf. Da sie kein Band hatte, zerriß sie ihren Seidenstrumpf und zog ihn so fest zusammen, wie es ihr möglich war, dann vollführte sie den Schnitt mit ihrem kleinen Messerchen, das sie in der Manteltasche immer mit sich trug. Dabei begann sie so heftig zu zittern, daß sie sich zurücklegen mußte.

»Das sind nur die Nerven«, murmelte sie, sich selbst tröstend.

Endlich war sie so weit beruhigt, daß sie ihren Pelzmantel und die weiße Leinenbluse ausziehen konnte.

Sie riß ihr Hemd auseinander und wickelte das schreiende Neugeborene fest hinein, dann drehte sie es noch in die weiße Bluse und legte es an ihre nackte, warme Brust. Darüber zog sie den Mantel zusammen und sank sofort in tiefen Erschöpfungsschlaf.

Als sie erwachte, lag Tau auf ihrem Gesicht.

Das Kind an ihrer Brust atmete ruhig, und der Mond war untergegangen. Es war dunkel geworden unter den hohen Bäumen.

Die junge Frau lag müde, langgestreckt und lauschte auf die vielfältigen Geräusche des schlafenden Waldes, die alle zusammen nur eine große Stille waren.

Da, mit einemmal, fühlte sie kleine warme Wellen über ihre Schenkel laufen. Unaufhörlich und unaufhaltsam. Mit einem Ruck war sie hellwach. Ich verblute, dachte sie, und die Kälte stieg ihr zum Herzen. Wenn ich hier liegenbleibe, wird niemand das Kind finden.

Sie nahm den Säugling in den Arm und kroch auf die Straße zu. Obwohl es nur hundert Schritte sein konnten, schien ihr der Weg endlos lang.

Behutsam legte sie das Kind an den Straßenrand und begann, zwei größere Holzstücke auf den Weg zu schieben. Sie wußte, beim Morgengrauen würden die ersten Fuhrwerke mit Flüchtlingen über den Paß kommen.

Sie löste den bunten Rock vom Leib und steckte ihn auf eine Haselrute zwischen die Holzstücke.

Dann rutschte sie auf den Knien auf das Kind zu, wikkelte es fest in den Pelzmantel und legte es auf das Holz.

Wie auf einem Altar, dachte sie und schob ihren Notizblock und die Brieftasche unter das kleine Bündel. In dem Kalender standen mindestens fünf Adressen von Leuten, die sie gut kannten. Einer von ihnen würde wohl das Ende des Krieges überleben und ihren Sohn aufziehen. Traurig beugte sie sich über das winzige schlafende Gesichtchen, das als weißer Fleck aus dem dunklen Pelz leuchtete, und berührte es sanft mit den Lippen. Eine warme Welle von Zärtlichkeit floß durch ihren Leib.

Dann kroch sie sehr langsam zum Straßenrand zurück. Dabei tappten ihre Hände in kleine kalte Lachen.

Da war ich also schon, dachte sie schaudernd und ließ sich in den Graben fallen.

Sie war nun völlig nackt und fröstelte, aber es war zu ertragen. Von ihrem Platz aus konnte sie ein Stück der Straße überblicken, die als mattgrauer Streifen in der ersten Morgendämmerung lag.

Vielleicht würde es ihr vergönnt sein, die Umrisse eines Wagens auftauchen zu sehen, wenn sich die Morgennebel hoben. Schon von weitem mußte man ja den kleinen Altar mit der rotgefleckten Fahne sehen. Und wenn der Fuhrmann eingenickt war, so blieben die Tiere stehen.

Gab es etwas Vernünftigeres als Pferde oder Ochsen?

Die fremden Leute würden gut sein zu ihrem Kind. Alle Menschen waren ja gut, nur zeitweise ein wenig verwirrt, daß sie sich gegenseitig totschlugen.

Ja, manchmal waren sie nicht ganz bei Sinnen. Weshalb hätten sie sonst ihren Mann totgeschossen? An seinem dreiundzwanzigsten Geburtstag, in einem fremden Land, genau acht Monate vor der Geburt ihres Kindes.

Es hatte keinen Sinn, darüber nachzudenken, sie würde doch nie hinter das Geheimnis kommen, und heute erübrigte es sich und wurde unwichtig wie alles andere.

Dort drüben auf der Straße lag sein einziger Sohn, auf einem Altar aus frischgeschnittenem Fichtenholz. Sie wußte ganz sicher, daß er große blaugraue Augen bekommen würde und den gleichen Mund wie sein Vater.

Aber mein blondes Haar wird er haben, dachte sie und lächelte aus der dunklen Mulde des Grabens.

Sie fühlte sich sehr schwach und fror in der kalten Morgenluft.

Ein plötzliches Verlangen überfiel sie, noch einmal ihren Mund an die Wange des Kindes zu legen. Sie versuchte den Oberleib zu heben und hielt sich am Grabenrand, aber ihre Finger glitten fühllos ab, und sie fiel schwer zurück.

Fünf Liter Blut hat der Mensch, dachte sie, ich vielleicht ein bißchen weniger, noch immer sickert es aus mir, ich müßte ja schon längst tot sein.

Allmählich begann ihr Herz zu flattern, und sie wurde sehr müde. Ihre Gedanken verwirrten sich ein wenig.

Ein sanfter, warmer Strudel wollte sie hinabziehen.

Zärtliche Hände tasteten nach ihrem Leib, und ferne Stimmen summten und flüsterten an ihren Ohren.

Ach, wie gut es war, sich fallen zu lassen in diese wartenden Arme!

Aber noch einmal wurde sie zurückgerissen.

Laut und hell schrie ihr Kind in den Morgen.

Ein Wind hatte sich erhoben. Die Sterbende sah, daß es ihr lichtes Haar hochwehte, aber sie fühlte die Kälte, die er mit sich trug, nicht mehr.

Mit großer Anstrengung bohrte sie den Blick in den Nebel, der über der Straße lag. »Laß sie kommen«, flüsterte sie, »ich will sie noch sehen.«

Dann sah sie den Himmel, und ihr Herz machte einen kleinen, müden Sprung. So schön war er, hellblau und besät mit roten Schäfchenwolken.

Tiefe Dankbarkeit, daß sie ihn noch sehen konnte, erfüllte sie, und es schien ihr ein glückliches Zeichen für ihren Sohn zu sein.

Diese blaue Himmelwiese mit den roten Lämmerwolken fiel durch den ersten Blick in seine kleine Seele und würde für immer dort schlummern wie ein ferner tröstlicher Gedanke. Niemals würde er wissen, daß es auch das letzte Bild war, das ihre brechenden Augen gesehen hatten.

Da begannen sich die Nebel zu heben. Wie zarte weiße Tücher schwebten sie über die Straße und krochen an den Bäumen empor. Mit heiterer Gewißheit sah die junge Frau die dunklen Umrisse eines Pferdegespanns auftauchen.

Glücklich versuchte sie sich aufzurichten, aber da löste sich von neuem eine warme Welle in ihrem Schoß, und sie glitt zurück.

Regungslos sah sie in den brennenden Himmel, bis sich ein grauer Schleier vor ihr Gesicht schob und die Stimmen an ihren Ohren einen brausenden Choral anstimmten.

Das Myrtenbäumchen oder die leichtfertige Mathilde

Eines Morgens, als die Post sich verspätete und der Ehemann gezwungen war, ohne Zeitung zu frühstücken, fiel sein müßiger Blick auf die Füße seiner Frau. Er seufzte bekümmert, zog ein paar Geldscheine aus der Tasche und schob sie über den Tisch. »Hier sind 50 Schilling, Mathilde«, sagte er, »geh und kauf dir auf der Stelle neue Pantoffel.«

Mathilde errötete vor Überraschung; steckte das Geld unter das Servierbrett und rannte ins Schlafzimmer, um ihre besten Strümpfe anzuziehen. Nachdem ihr Mann ins Büro gegangen war, verließ sie sofort, die 50 Schilling im Handtäschchen, die Wohnung und trat auf die Straße.

Es war ein klarer Augustmorgen, und der Tag versprach heiß zu werden. Mathilde eilte gewissenhaft von einem Schuhgeschäft zum anderen und betrachtete die Auslagen. Es gab da alle Arten von Pantoffeln, brave Hausschuhe aus grauem Filz, rote, kokette Saffianpantöffelchen und in der Mitte der Auslage zwei Märchenschuhe aus weichem blauem Leder, mit quellendem Kaninchenfell gefüttert.

Mathilde konnte sich gar nicht satt sehen, erst als sie merkte, daß sie der Anblick traurig machte, riß sie sich los und sagte sich, daß zu ihrem abgetragenen Schlafrock die Filzpantoffel viel besser paßten und daß dem Kaninchenfell bestimmt die Haare ausgehen würden.

Nachdem sie sich auf diese Weise wieder zu Vernunft gebracht hatte, beschloß sie, zunächst auf den Markt zu gehen, um Gemüse zu kaufen. Auf dem Marktplatz herrschte ein schreckliches Gedränge. Alle Leute schienen in größter Eile zu sein. Sie bohrten sich mit verbissenen Gesichtern ineinander, stießen verschüchterte Kinder zur Seite und traten den kleinen, sorgenvollen Dackeln auf die krummen Pfoten.

Vor dem Springbrunnen in der Mitte des Platzes machte sie erschöpft halt. Es gab dort eine lange Reihe parkender Autos und dicht am Brunnenrand stand ein Eisenschimmel, der sehr prächtig aussah.

Er trug keinen Federhut, kein Handtäschchen und keinen Mantel, sondern nur sein grauweißes Fell, das in der Sonne glänzte.

Mathilde starrte ihn bewundernd an, bis er langsam den Kopf wandte und sie, die gelben Zähne entblößend, freundlich ansah.

Die Ähnlichkeit mit ihrem alten Zahnarzt war nun ganz unverkennbar.

Sie suchte automatisch mit der Zunge die schadhafte Stelle an ihrem Backenzahn und fühlte sich höchst schuldbewußt.

»Nächste Woche komme ich aber bestimmt«, flüsterte sie beklommen.

Der Schimmel senkte herablassend seinen langen Schädel und schien sich nicht weiter für den Fall zu interessieren.

Gerade als Mathilde in das Schuhgeschäft treten wollte, erblickte sie auf der gegenüberliegenden Seite das kleine Myrtenbäumchen in der Auslage des Blumensalons. Sie ließ sofort die Schnalle los und lief über die Straße. Das Myrtenbäumchen kostete genau 50 Schilling, gerade drei Schilling weniger als die Filzpantoffel, und Mathilde war davon überzeugt, einen besonders guten Kauf gemacht zu haben.

Daheim stellte sie es auf den Küchentisch und betrachtete es voll Andacht. Es sah so zart und feierlich aus, daß sie es nur mit der Wange ganz schwach zu berühren wagte.

An diesem Tag räumte sie die Wohnung sehr oberflächlich auf, denn sie mußte alle paar Minuten in die Küche laufen, um nachzusehen. Schließlich wurde es dabei spät, daß sie sich abhetzen mußte, um mit dem Kochen fertig zu werden.

Zehn Minuten vor halb eins nahm sie die Myrte und stieg damit in die Dachkammer. Dort stellte sie das Bäumchen auf einen alten, einbeinigen Nähtisch zum Fenster und räumte so viel Gerümpel davor, daß man es von der Tür aus nicht mehr sehen konnte. Dann lief sie pfeifend die Stiege hinunter.

Sie war eine leichtfertige Person und machte sich nicht die geringste Sorge um ihre Zukunft.

Neben dem Teller ihres Mannes häufte sie sämtliche Zeitungen auf, die sie in der Eile finden konnte. Es waren auch einige alte darunter, aber sie wußte, er würde lieber alte Zeitungen lesen als gar keine.

Und wie die meisten leichtfertigen Leute hatte sie Glück.

Das Essen verlief sehr ruhig. Nur einmal fragte ihr Gatte: »Und was hast du heute gemacht?« Es klang nicht, als erwarte er eine Antwort, aber Mathilde begann sofort zu erzählen, von den Gemüsepreisen, der Rücksichtslosigkeit der Leute, die nicht einmal vor hilflosen Dackeln haltmacht, und von dem majestätischen Eisenschimmel. »Weißt du«, schloß sie, »er war unserem alten Doktor wie aus dem Gesicht geschnitten!«

»Ja, ja«, murmelte der Gatte zerstreut, »es ist wirklich ein Skandal!«

Er zündete sich eine Zigarette an und versank in einem Meer von Leitartikeln, Börsenkursen und Sportberichten. Mathilde stahl sich aus dem Zimmer und machte sich in der Küche zu schaffen. Als ihr Mann wieder ins Büro gegangen war, trug sie die Myrte ins Wohnzimmer und stellte sie auf den Schreibtisch. Dann begann sie zu stopfen und fühlte sich außerordentlich zufrieden.

Auch das Abendessen ging gut vorbei. Mathilde hatte das Bäumchen begossen und für die Nacht versteckt. Ihr Gatte fand neben seinem Gedeck eine spannende Gerichtssaalreportage; es fiel ihm also nicht weiter auf, daß sie, nach einem kaum hingehauchten Gutenachtkuß, aus dem Zimmer huschte.

Sie schaltete das Schlafzimmerlämpchen heute sofort aus und streckte sich dankbar unter der Steppdecke.

In der Dachkammer stand das Myrtenbäumchen, ganz in Sternensilber getaucht.

Wozu, dachte Mathilde, brauche ich neue Pantoffel? Wenn ich den ganzen Winter hindurch die großen Zehen einziehe, kann ich die alten noch immer tragen. Und leichtfertig, wie sie nun einmal war, schlief sie auf der Stelle ein.

Die Frau mit den interessanten Träumen

Sie war eine reizende Person, und er war sehr verliebt in sie. Zunächst amüsierte ihn ihre Gewohnheit, ihm jeden Morgen lang und breit ihre Träume zu erzählen, ja, er fand diese Träume sogar höchst bemerkenswert und beinahe so wundervoll wie sie selbst.

Freilich war es ein wenig beängstigend, des Nachts mit dem verzweifelten Schrei geweckt zu werden: »Die Köchin hat das Huhn lebendig gebraten« oder »Ich habe ein Kind mit sechs Beinen bekommen«. Aber sie war leicht zu beruhigen, ein paar tröstende Worte, ein Kuß, und sie schlief schon wieder, das tränennasse Gesicht an seine Schulter geschmiegt. Er indessen lag stundenlang wach und machte sich mit männlicher Gründlichkeit peinliche Gedanken über das lebendig gebratene Huhn und das Kind mit sechs Beinen.

Nach einiger Zeit, etwa nach vier Jahren, zogen sie es aus praktischen Gründen vor, getrennt zu schlafen, und die junge Frau mußte sich darauf beschränken, ihre Träume im Badezimmer oder beim Frühstückskaffee zum besten zu geben.

Noch immer waren es sehr bemerkenswerte Träume, aber allmählich begannen sie ihm auf die Nerven zu fallen. Er legte einfach keinen Wert mehr darauf zu erfahren, daß sie den Briefträger mit der Zunge an die Tür genagelt, oder dem Negus geraten habe, endlich etwas gegen die Rattenplage zu unternehmen. Es war ihm ganz egal, wie der Negus auf diesen Vorschlag reagiert hatte, er wünschte einzig und allein, in Ruhe die Morgenzeitung lesen zu können.

Aber sie kannte keine Gnade, sie nahm ihm die Zeitung aus der Hand, starrte ihn mit glänzenden Augen an und sprach: »Und unter deinem Schreibtisch war eine Armee winziger Männchen ..., wahnsinnig komisch, sag' ich dir.«

Diesen Zustand ertrug er mit wachsender Ungeduld noch ein Jahr lang. Ihre Ehe ließ zu wünschen übrig, er wurde täglich gereizter, und sie fühlte sich unverstanden.

Manchmal schrie er sie an: »Hör auf mit deinen blödsinnigen Träumen, sie interessieren mich nicht.«

Dann schwieg sie bestürzt – zwei ganze Tage – nicht länger, denn sie war keine nachtragende Natur. Am dritten Morgen berichtete sie schon freudig und versöhnt, sie sei splitternackt zur Beichte gegangen. Dann hegte er Scheidungspläne und Selbstmordabsichten.

Als sie ihm aber in einer zärtlichen Stunde gestand, sie habe im Traum einen blonden Backenbart getragen, ungefähr wie Ohm Krüger, stand er wortlos auf und ging ins Kaffeehaus.

Am nächsten Tag erklärte er ihr sehr ernsthaft, er werde sich auf der Stelle scheiden lassen, wenn sie ihn noch einmal mit ihren Träumen belästigen werde.

Sein Ernst machte den größten Eindruck auf sie. Vier Wochen lang war sie scheu, schweigsam und wußte nur vom Wetter oder von den Lebensmittelpreisen zu reden.

Aber schon nach der ersten Woche, die wie eine Befreiung auf ihn gewirkt hatte, begann er sich unsäglich zu langweilen. Das Leben war plötzlich grau und ohne Glanz, nicht einmal der Besuch eines Abenteuerfilms konnte ihn aufmuntern.

Eines Morgens, gerade nach vier Wochen, sah er sie auf dem Rand der Badewanne sitzen und verträumt vor sich hinkichern. Als er sie scharf ansah, errötete sie und stotterte: »Wenn du wüßtest ... nein, nein, ich darf ja nicht ...«

»Einmal ist keinmal«, sagte er gönnerhaft und voll heimlicher Spannung.

»Ich war Hofrat in irgendeinem Ministerium«, erzählte sie voll Eifer, »und da war ein alter Oberst, der immerfort um eine Pension für seinen Hund Bello ansuchte. Das ganze Ministerium war schon außer sich; aber schließlich hab' ich's doch bewilligt.« Sie wurde plötzlich sehr nachdenklich: »Das Merkwürdige daran ist, daß der Hund 1848 geboren war – so alt kann doch ein Hund gar nicht werden.«

»Kaum«, sagte er kühl, aber dann ging er zu ihr hin und gab ihr einen Kuß, und in den nächsten vier Wochen waren sie sehr glücklich.

Die Geschichte

Seit vielen Wochen trage ich mich mit der Absicht, eine seriöse Geschichte zu schreiben. Aber immer wieder kommt mir etwas dazwischen, einmal habe ich keine Zeit, dann bin ich nicht in Stimmung, oder ich finde in der ganzen Wohnung keinen Bleistift, kurz, die Geschichte will nicht gedeihen.

Da, endlich, an einem Regentag schleppen mich Guggi und Burschi nach dem Mittagessen zum Schreibtisch und erinnern mich vorwurfsvoll an den schon lang versprochenen Fußball.

»Na, schön«, murmle ich mißmutig, und mein Traum von einer ruhigen halben Stunde bei Zeitung und Radio zerrinnt im Nu.

»Wir spielen ganz brav«, versichert Burschi, »aber nur, wenn du endlich die Geschichte schreibst ... alle anderen Buben haben einen Fußball ...« Damit lassen sie mich allein.

Ich kaue verzagt den Bleistift, sein Ende besteht aus Radiergummi und schmeckt gar nicht aufmunternd.

Wer hat mich eigentlich dazu verurteilt, Geschichten zu schreiben? Andere Frauen, beispielsweise, nähen Anzüge und Kleider für die ganze Familie, und aus den Stoffresten weben sie noch reizende Teppiche. Manche können sogar Matratzen stopfen, Sandalen flechten und Möbel streichen.

Einmal habe ich meiner Mutter zum Geburtstag ein dreieckiges Tuch gestrickt; es war sehr hübsch aus bunter Wolle, nur wollte und wollte es nicht dreieckig bleiben, und zum Schluß mußte ich ihm ein paar überflüssige Ekken abschneiden. Natürlich hätte ich vorher eine erfahrene Persönlichkeit, etwa die Handarbeitslehrerin, um Rat fragen sollen, aber ich wollte immer alles ganz allein und ohne Hilfe tun.

Ja, wenn ich als Kind nicht so widerspenstig und eigensinnig gewesen wäre, könnte ich jetzt aus alten Lederresten meinen Kindern einen Fußball basteln und brauchte mich nicht so zu plagen.

Übrigens, im Kopf habe ich meine Geschichte schon lange fertig, ich müßte sie nur niederschreiben – und genau das ist die Schwierigkeit. Der Regen schlägt aufs Vordach, er wäscht den kümmerlichen Apfelbaum grün und glänzend. Aber das soll mich nicht ablenken, worauf warte ich denn eigentlich noch, fang endlich an, du Feigling!

Meine Geschichte ist sehr rührend, voll Liebe und Entsagung.

Gerade als ich drei Zeilen geschrieben habe, öffnet sich die Tür einen Spalt, und vier Kinderaugen starren mich an.

»Wir haben nur gedacht, ob du schon schreibst«, flüstert Guggi und zieht die Tür rücksichtsvoll wieder zu.

Ja, wo war ich eigentlich? Guggi hat mindestens fünfzig Sommersprossen auf seiner kleinen Nase und paßt gar nicht in meine Geschichte.

Ich muß mich sammeln und hypnotisiere fünf Minuten den Aschenbecher. Kaum habe ich mich in das Gemüt meiner Heldin zurückversetzt, als es klopft. Diesmal ist es Burschi. Er wagt nur zu flüstern.

»Wir bauen eine Drahtseilbahn, bitte, gib mir eine kleine Schnur.« Ich gehe in die Küche, suche eine Schnur und bitte Burschi scharf nachzudenken, ob er nicht noch ein paar andere Dinge benötigt. Aber er ist völlig zufrieden und trabt mit seinem Strick ab.

Drei Minuten später erscheint Guggi und fordert ebenfalls »eine ganz kleine Schnur«. Gerechtigkeit muß sein. Er bekommt die Wäscheleine und geht.

Nach konzentriertem In-den-Himmel-Starren gelingt es mir, vier schöne Sätze von mir zu geben.

Die nächste Unterbrechung dauert nicht sehr lange, die beiden brauchen nur »einen ganz kleinen Nagel«. Wer wird sich über Kleinigkeiten aufregen! Noch keine Drahtseilbahn ist ohne Nägel erbaut worden. Ich trage ihnen sogar noch fünf weitere Nägel an, aber soviel benötigen die guten Kinder nicht, einer genügt vollständig.

Leider stellt sich heraus, daß es doch besser gewesen wäre, die Sache mit zwei Nägeln zu fixieren – aber erst zehn Minuten später. Ich erleide einen mittleren Anfall und werfe Guggi die Nagelkiste nach, sehr zu meinem

Nachteil, denn ich muß natürlich alle Nägel allein einsammeln, und die Kinder lassen sich eine halbe Stunde nicht blicken. Ich höre nur ihr zwitscherndes Geplauder und gedämpftes Hämmern aus dem Kinderzimmer.

Diesmal fällt es mir sehr schwer, in die gütige, sanfte Stimmung meiner Geschichte zurückzufinden. Die Heldin verändert sich unter meinem Bleistift auf eine unangenehme Weise, sie bekommt einen ironischen Zug, der ihr gar nicht zu Gesicht steht.

Alle gesunden Kinder haben um vier Uhr Hunger, meine sind, Gott sei Dank, sehr gesund. Sie vertilgen vier Marmeladebrote in der Küche, und ich höre, wie sie sich über die Seilbahn unterhalten. Das Gespräch droht, wie alle ihre Gespräche, nach einer gewissen Zeit in einen Krach auszuarten, und Burschi betitelt seinen Bruder einen »alten Gipskopf«.

Ich schenke jedem zwei Zuckerstücke und beschwöre sie in bewegten Worten, doch noch eine Stunde brav zu spielen, denn sonst könnten sie sich ihren Fußball an die Wand malen. Das letztere scheint zu wirken. Ich kann fünfzehn Minuten schreiben. Aber ich bin gar nicht richtig bei der Sache. Was kann eigentlich noch alles passieren? »Mama, ich muß hinaus, bitte, knöpfe mir den Träger ab. Mama, der Burschi hat mich ganz stark in die Nase gebissen. Mama, wie groß sind die Leute auf der Venus?« (Meine Kinder sind sehr gebildet, seit sie buchstabieren können, lesen sie illustrierte Zeitungen.)

Wenn ich nur nicht so nervös wäre, vielleicht haben sie die Nägel verschluckt, oder sie sind aus dem Fenster geklettert.

Ein dumpfes Gepolter. Dann setzt Guggis Geheul ein. Endlich, ich fühle mich beinahe erlöst, weil diese unheilschwangere Stille vorbei ist. Wenn Guggi heult, kann er bis zu drei Stunden in dieser Beschäftigung ausharren, es ist die einzige Art von Ehrgeiz, die ich bis jetzt an ihm entdeckt habe. Ich stopfe mir Watte in die Ohren und schreibe den nächsten Satz. Meine Heldin, dieses ehedem so zarte Geschöpf, hat sich erschreckend verändert. Ich muß der Geschichte einen anderen Schluß geben, wenn ich mir nicht weibliche Unlogik vorwerfen lassen will. Diese Person springt nicht ins Wasser, viel eher wird sie ihre Nebenbuhlerin ertränken. Ich habe eine Idee, man muß eine Kriminalgeschichte daraus machen. Aber dann paßt wieder der lyrische Anfang nicht dazu. Kein Mensch will ja für sein gutes Geld eine Geschichte vorgesetzt bekommen, bei der es zugeht wie in seinem eigenen Leben.

Wenn nur dieses Gebrüll aufhören würde! Man müßte Guggi einmal durchhauen. Aber das würde mich mehr ermüden als ihn, außerdem wäre es ein Grund zu neuer Heulerei.

Endlich kommt Burschi. Er schaut aus wie ein Mann, der sich seines Wertes durchaus bewußt ist. Er sieht mir eine Weile zu, wie ich unglücklich am Bleistift kaue, und sagt endlich liebevoll: »Gibst du mir dreißig Groschen, wenn ich ihn beruhige?« »Beruhigen« ist eines seiner Lieblingsworte. Das ist natürlich Erpressung. Je öfter Guggi brüllt, desto fetter wird Burschis Sparschwein.

»Dreißig Groschen, Burschi«, sage ich traurig, »sind eine Menge Geld.« Er lächelt milde und zeigt seine weißen Zähne, »... aber heute brüllt er sehr laut, nicht?«

Geh fort, du kleiner Wucherer, mit deinen dreißig Groschen, vielleicht wirst du einmal der erste reiche Mann in meiner Familie.

Meine Kriminalgeschichte macht ganz schöne Fortschritte, der halbe Fußball scheint mir gesichert zu sein. Guggi ist verstummt, gleich wird er kommen und um ein frisches Taschentuch bitten.

Es hat aufgehört zu regnen, die Sonne spiegelt sich in den Wasserlachen, und die Luft strömt mild und feucht ins Zimmer.

Und ich bin gar nicht böse, als meine Quälgeister auftauchen und strahlend verkünden: »Gelt, heute waren wir aber wirklich brav. Gehst du jetzt mit uns in den Park?«

Mitleid überfällt mich. Es ist wirklich sehr schwer, drei Stunden lang brav zu sein, nicht einmal die großen Leute bringen es fertig. Und schon bin ich aufgestanden und habe mein Heft zugeschlagen. Schnell wird noch das Kinderzimmer aufgeräumt. Burschi kriecht unter sein Bett, um einen Baustein zu suchen. Guggi trägt mit feierlichem Gesicht eine Handvoll Papierschnitzel vom Tisch zum

Fensterbrett, von dort zum Spielkasten und wieder zurück zum Tisch.

Wenn ich alle Bausteine eingesammelt, die verschiedenen Stricke abgenommen und die Schachfiguren aus dem Papierkorb geklaubt habe, ziehe ich mit Guggis Hilfe den eingedösten Burschi unter dem Bett hervor und wir gehen in den Park.

Vielleicht wird einmal ein Nachmittag kommen, an dem die beiden wieder so brav sein werden wie heute – dann werde ich meine Geschichte zu Ende schreiben.

Für eine vergeßliche Zwillingsschwester

Heute morgen sind die Veilchen aufgeblüht. Schon gestern war ein ganz besonders schöner Tag. Eine leise, zitternde Erregung lag in der Luft, wie immer vor einem großen Ereignis.

Auf der Linde vor dem Fenster saßen drei Vögel. Der erste schnalzte laut und satt ggggggu, der zweite klagte gigigigogo, immer langsam anschwellend, dann abfallend und leise schluchzend.

Weshalb schluchzt ein Vogel im April? Wir werden es nie erfahren und können uns nur ungewissen Vermutungen hingeben. Vielleicht hatte ihn die milde Abendluft aus dem Häuschen gebracht oder der Anblick des zartblauen Himmels.

Als er auf dem Höhepunkt angelangt war und seine winzige Vogelseele sich beinahe aus dem Federbällchen von Leib geweint hatte, erhob in der höchsten Krone der Linde der dritte Vogel seine Stimme.

Zieh! sagte er, und noch einmal: Zieh!

Es klang ein bißchen strenge und doch begütigend, gerade, als ob er sagen wollte: Um des Himmels willen, regen Sie sich nicht auf, es ist Ihrer Gesundheit nicht zuträglich!

Sogleich ließ das klägliche Schluchzen nach, noch ein paar Stoßseufzer, gigi, gigiggo, und der Vogel hatte sich in den Schlaf geweint.

Der Himmel zerfloß in Blaugrau, und silbrige Dunstschleier stiegen von den Weiden auf. Beruhigt schloß ich das Fenster.

Gestern abend hätte ich also schon ahnen können, daß etwas Großes bevorstand. Aber ich bitte dich, wer hat in diesem sonderbaren Leben schon Zeit, an die wichtigen Dinge zu denken. Ein Besucher kam und schwatzte dies und jenes und erfüllte mein Zimmer mit dem blauen Rauch seiner Zigarre, bis ich vergaß, daß vor dem hohen Fenster der Frühling schlummerte.

Und heute früh ist es also geschehen.

Ich stand vor dem Herd und rührte in der Milch, als der

Morgenwind die ersten zaghaften Duftwellen zum offenen Fenster hereintrug. Und wie jedes Jahr, wenn die Veilchen aufblühen, mußte ich für einen Herzschlag lang die Augen schließen.

Da war aber auch schon das Unglück geschehen, die kochende Milch lief zischend über die Platte und tropfte in meine Schuhe. Es war ein unangenehmes Erwachen.

Ich höre dich lachen, hell und ein bißchen spöttisch. Du hast mir ja erst vor einer Woche erklärt, daß du dich kaum an unsere Kindheit erinnern könntest.

»Wenn man in der Welt herumkommt und vieles erlebt, vergißt man diese alten Geschichten«, hast du mit einer geringschätzigen Handbewegung gesagt.

Mit einemmal war dein Gesicht unter dem modernen Hutungetüm wie weggewischt, und ein anderes tauchte dafür auf.

Zuerst verschwommen, dann immer klarer, das runde, großäugige Gesicht eines fünfjährigen Mädchens. Dein vergessenes Kindergesicht.

Ich sah dich auf der alten Holztreppe sitzen. Die ersten Sonnenstrahlen nach einem langen, grauen Winter lassen das bräunliche Geländer aufleuchten, und du stehst und starrst verzückt in das Wunder.

Sie ist also wirklich wiedergekommen, die Sonne, die großen Leute haben nicht gelogen!

Sie nimmt eine Handvoll goldener Stäubchen und wirft sie durch das Fenster auf die Stiege, auch auf deinem Krauskopf bleiben sie hängen wie ein zitternder Schleier.

In diesem Winter war dein Haar so stark gewachsen, daß Mutter winzige Zöpfchen daraus flocht, die dir waagrecht von den Schläfen abstanden und an denen zwei große rosa Schleifen prangten. Mein Haar lag noch in kurzen gelben Ringeln um den Kopf und ich bewunderte dich maßlos, aber ohne jede Spur von Neid.

Die Sonne blieb mit jedem Tag ein bißchen länger.

Eines Tages zog man uns lange Jacken aus grauer Schafwolle an, darunter wippten lustig unsere grellroten Barchenträckchen. So ausgerüstet stapften wir in unseren viel zu großen Schuhen in den feuchten Märztag hinaus.

Die Schneeluft wehte vom Berg, und wir faßten uns fest an den Händen. Ich sah deine nackten, kleinen Ohren erglühen, aber du bohrtest das kleine, mutige Gesicht keck in den kalten Wind.

Unser erster Weg führte zum Bach.

Die Wiese lag feucht wie ein riesiger Schwamm vor uns. Bei jedem Schritt gluckste es laut unter der Decke aus vergilbtem Gras. Manchmal sanken wir bis zu den Knöcheln in die quellende Feuchtigkeit.

Aber am Rand des Baches leuchtete es schon frisch und grün. Die junge Brunnenkresse!

Wir zupften die winzigen Blättchen ab und zerbissen sie neugierig. Scharf schmeckten sie und ein wenig bitter und wir wußten nie genau, ob wir sie eigentlich mochten oder nicht. Aber das tat auch nichts zur Sache.

Zu Ostern würden sie als grüne Rosette unter den halbierten Eiern liegen und mit den gelben Dottern um die Wette leuchten.

Die Butterblumen hatten noch feste grüne Knospen, aber ihre breiten Blätter standen schon fett und glänzend über dem braunen Gras.

Und wie hatte sich der Bach verändert!

Klein und murmelnd war er im Herbst dahingeeilt, glasklar bis auf den bräunlichgrünen Grund.

Heute schoß er wild und eilig daher. Weiße Schaumfetzen tanzten auf seinem Rücken und übermütig spritzte er ein paar große Flocken auf unsere Jacke.

Wir lachten nur dazu. Das Wasser rann an der harten, drahtigen Wolle ab, und wenn wir später in die Küche kamen, wurden unsere Jacken über den Herd gehängt, dort dampften sie wie die grauen Felle unserer Schafe nach einem Gewitterregen.

Wenige Tage später öffnete das Schneeglöckchen seine Blütenblätter.

Ganz allein stand es neben dem grauen, morschen Wasserleitungsrohr und ließ seine schmalen grünen Blätter im Winde wippen. Es war das einzige Schneeglöckchen in weitem Umkreis. Jedes Jahr bewunderten wir sein gelbes Herz und freuten uns über die zartgrünen Spitzen seiner weißen Blütenblätter.

Eigentlich hättest du es nicht vergessen dürfen! Später kletterten wir dann auf den riesigen Stein, der hinter der Scheune lag, gerade unter dem Hollerstrauch.

Wir wollten sehen, ob das Moos auch schon grün und saftig wuchs.

Wie ein gelbbrauner Pilz stand es noch struppig auf dem grauen, zerbröckelnden Gestein, aber wenn man sehr genau hinsah, konnte man sehen, wie es sich leise zu färben begann. Noch drei Wochen mit Regen und Sonnenschein, und es würde als sattgrüner Polster in unseren Osternestern liegen.

Weißt du noch, wie die roten und gelben Eier darin versanken?

Und doch willst du dich nicht mehr erinnern an den alten Moosstein.

Du, die du sein Liebling warst und das winterblasse Gesichtchen in seinen alten Pelz vergraben hast.

Ich fürchte, du willst dich nur nicht erinnern.

Vielleicht ist er in den Jahren, in denen du draußen in der Welt so rasch und leicht dahingelebt hast, manchmal in deinen Träumen vor dir aus der Dunkelheit gewachsen.

Stumm, grau und uralt.

Ein Ding, das sich nicht von schmalen Armen aufheben läßt und das nichts kann, als grünes Moos für Osternester spenden. Man kann ihm nicht verbieten, sich auf unseren Traumwegen vor unsere eiligen Füße zu legen, nein, das kann man nicht, aber man kann es an den langen, lauten Tagen vergessen.

Und die Wiese wurde immer grüner.

Längst schon leuchtete vom Waldrand ein Saum von blauen Leberblümchen. Die Dotterblumen am Bach hatten ihre Knospen gesprengt und prahlten mit ihren leuchtenden Blüten.

Und im Gehölz versteckten sich Hansel und Gretel.

Immer eine Dolde blauer und roter Blüten auf einem Stamm.

Wir wagten nie, sie zu pflücken, sie erschienen uns immer ein bißchen geheimnisvoll.

Später lernten wir in der Schule ihren richtigen Namen: »Lungenkraut«. Was für ein häßliches Wort! Wir sahen einander in die Augen und lächelten. Wir wußten es ja viel besser!

Noch immer stehen Hansel und Gretel in rotem und

blauem Röckchen im Gehölz, zaghaft und scheu, wie es sich für verirrte Kinder gehört. Der Nachtwind trägt den Duft des wilden Seidelbastes durch die Büsche, und die Blumenkinder neigen die Köpfchen zueinander und träumen von einem tiefen, tiefen Tannenwald und einem großen, gelben Mond, der die Spur aus weißen Kieselsteinen aufleuchten läßt.

Und wer könnte den kleinen Wiesenfleck vergessen, besät mit weißen und blauen Krokussen?

Ich sehe dich mitten in der Wiese stehen, beide Hände voll Blüten, das Gesicht mit nasser Erde beschmiert und die Zöpfchen halb gelöst.

Deine roten Maschen lagen im Graben, aber am Abend standen die Blumen in einer angeschlagenen Schale auf dem Tisch, Krokus, Buschwindröschen und ein Zweig mit silbernen Weidenkätzchen, den du mit den Zähnen vom Strauch genagt hast, denn es gibt nichts Zäheres als Weidenzweige.

Die ganze Familie starrte dich mißbilligend an, aber du saßest ungerührt vor deiner Milchsuppe. Die Zöpfchen standen trotzig von den Schläfen ab wie die Hörner eines Böckleins, rötliche Tränenspuren zogen über deine Wangen, und wenn man genau hinsah, konnte man den Abdruck von Mutters schlagfertiger Hand sehen.

Ich kann ja verstehen, daß du die Unzahl deiner verlorenen Haarmaschen vergessen hast, die Erinnerung daran ist zu peinlich. Der Wind hat sie wie riesige Schmetterlinge über die Wiese getragen. Im Tümpel schwammen sie, rot, blau und gelb, und auf den Apfelbäumen hingen sie, verblaßt und windzerzaust.

Vögel und Mäuse mögen sie in ihre Nester geschleppt haben, die knisternden Seidendinger.

Und wer dich heute ansieht, möchte kaum glauben, daß du einmal riesige Maschen auf winzigen Zöpfchen getragen hast. An alle diese Dinge willst du dich nicht mehr erinnern, aber die Veilchen darfst du nicht vergessen haben.

Dort, wo die Wiese in einem steilen Hang zum Bach fällt und die Sonnenstrahlen am längsten liegen, blühten sie zuerst. Wenn man unter der großen Haselstaude mit den gelben Würstchen spielte, trug der Wind ihren Duft in warmen, kleinen Wellen über die Wiese. Sehr genau mußte man schauen, um sie unter den grünen Blättern zu entdecken. Ihr tiefes Violett ließ den lichten Aprilhimmel blaß und ausgewaschen erscheinen.

Viele Leute glauben, wenn sie sich einen Veilchenstrauß ins Zimmer stellen, den ganzen Frühling eingefangen zu haben. Die Armen kennen nur den traurigen Geruch sterbender Blumen.

Du mußt unter den Haselstauden liegen und nichts spüren als die Frühlingssonne auf deinem Gesicht und das Moos unter deinen Händen.

Dann öffnet sich die Erde und ihr warmer Hauch steigt auf. Dein Herz beginnt schneller zu schlagen, und Tränen sickern durch deine geschlossenen Lider.

Das ist der Veilchenduft, ich kann nicht glauben, daß du ihn vergessen hast.

Weil in der Stadt die Masern ausgebrochen waren, wurde Burschi zu seinen Großeltern aufs Land geschickt. Sofort nach seiner Ankunft erklärte er seiner Großmutter, daß er dringend eine Weihnachtskrippe basteln müsse. Der Großvater, der sich eben zu seinem Mittagsschläfchen ausgestreckt hatte, wurde geweckt und zum Krämer geschickt, um Buntpapier und Zeichenblätter zu kaufen; die Großmutter war nämlich der Ansicht, daß man den erbaulichen Vorsatz des Kindes unterstützen müsse.

Als der alte Mann nach anderthalb Stunden schweißtriefend zurückkam, klopfte ihm sein Enkel anerkennend aufs Knie und begab sich sogleich ans Werk.

»Schau nur, Vater«, flüsterte die Großmutter gerührt, »was er für ein gutes Kind ist!«

Und in der Tat, Burschi hatte entschieden etwas Engelhaftes an sich, als er so fromm über seinem Zeichenheft saß und den schmächtigen Gestalten der Heiligen Drei Könige leuchtend blaue Wasserköpfe anklebte. Von Zeit zu Zeit schob er verträumt eine Rosine zwischen die weißen Zähne, sein goldbraunes, seidiges Haar schimmerte im Lampenlicht, und friedliche Weihnachtsstimmung erfüllte das Zimmer.

Der Großvater faltete die Hände über dem Bauch und begann sanft und rücksichtsvoll zu schnarchen.

Burschis Wangen hatten sich gerötet, er fuhr mit der Zunge über die Rückseite des silbernen Eselchens und klebte es befriedigt neben den heiligen Josef.

»Ja, der Haifisch, der hat Zähne ...«, begann er selbstvergessen zu singen.

Sonderbare Lieder, dachte die Großmutter, lernen die Kinder jetzt im Kindergarten.

»Und der Mackie hat ein Messer«, fuhr Burschi fort und spuckte energisch auf das Zeichenblatt, »doch das Messer sieht man nicht.«

Die Großmutter zog die Brauen hoch: »Burschilein, wo hast du dieses Lied gehört?«

»Bei Onkel Otto«, kam die bereitwillige Auskunft, »er

sagt, Haifische sind das Allergefährlichste, sie fressen Menschenfleisch und saufen frisches Blut.«

»Pfui Teufel!« rief die Großmutter entrüstet, »sie trinken Blut, und das auch nur selten, nur wenn man sie reizt ...«

Aber Burschi hatte nicht mehr zugehört, wie elektrisiert hatte er sich auf seinen Großvater gestürzt. »Opapa!« schrie er gellend, »Onkel Otto sagt, du bist ein alter Haifischjäger, ist das wahr?«

»Nein!« fuhr der Alte erschrocken auf. »Das heißt, natürlich – früher, als ich noch jung war ...«

Die Großmutter warf einen verächtlichen Blick auf ihn, aber er konnte es nicht sehen, denn sein Enkel hatte ihm Weste und Hemd aufgeknöpft und suchte auf seiner graubehaarten Brust nach Haifischzahnnarben.

Die Großmutter seufzte tief. Diese Männer! dachte sie erbittert, und das war nicht zu verwundern. Als Schwester dreier Brüder, Schwägerin von vier Schwägern, Tante von acht Neffen, Mutter von drei Söhnen und Großmutter von fünf Enkeln, hatte sie gewiß ein Recht, so zu denken. Burschi, der Jüngste dieser allzu männlichen Familie, mit seinem zarten, mädchenhaften Gesicht, schien ihr zu schade für seine rohe Umgebung. Sie erhob sich und ging in die Küche.

Sechzig Jahre hindurch hatte die Großmutter nichts gehört als Kriegs-, Jagd- und sonstige männliche Lügengeschichten; sie haßte Pfeifenrauch, Alkohol und Spielkarten wie ihre persönlichen Feinde und war im innersten Herzen davon überzeugt, daß die Männer im allgemeinen auf einer niedrigen Stufe der menschlichen Entwicklung stehengeblieben waren. Man mußte eine unendliche Geduld für sie aufbringen. Während sie den dampfenden Kaffee in die Kanne goß, beschloß sie, dieses unschuldige Kind, das auf den Namen Johannes getauft war, dem Teufel der Blutrünstigkeit zu entreißen. Ihr gutes Gesicht glättete sich bei dem Gedanken und sie sah plötzlich sehr jung aus.

Als sie ins Zimmer trat, hockte Burschi gerade mit feuerroten Ohren auf dem Brustkorb seines Ahnherrn und starrte mit offenem Mund auf dessen bärtiges Gesicht.

»Das Nilpferd«, erklärte der alte Mann, »hat mit seinem buschigen Schwanz vier Neger erschlagen und die restlichen sechs zur Jause gefressen ...«

»In Echtigkeit?« hauchte Burschi hingerissen.

»Komm, mein Kind«, sagte die Großmutter, »das Nilpferd hat keinen Schwanz und ist ganz harmlos. Dein Großvater hat Spaß gemacht. Außerdem heißt es ›in Wirklichkeit‹, nicht ›in Echtigkeit‹.«

Burschi sah sie verklärt an, schlang die Arme um ihren Hals und drückte seine glühende Wange gegen ihr Gesicht. »Sechs Neger zur Jause, Omamali!« flüsterte er.

»Dieses Kind«, erklärte die Großmutter später im Bett, »wirst du nicht verderben mit deiner krankhaften Phantasie, mein Lieber. Ich werde es erziehen. Morgen schreib' ich an Otto und verbiete ihm, meinen Enkel mörderische, skandalöse Lieder zu lehren!«

Der Großvater nahm den Entschluß seiner Frau zur Kenntnis. Er bemühte sich, mit der Stimme empört zu zittern, als er fragte: »Was war das denn für ein mörderisches Lied, Mutter?«

Aber die alte Frau hatte seine Heuchelei durchschaut. »Du solltest dich schämen«, sagte sie, »in deinem Alter.«

Der Großvater zog sofort die Schulter betroffen unter die Decke und überlegte, wie er seinen Enkel unauffällig nach dem skandalösen Lied befragen könnte, und bei diesen angenehmen Überlegungen schlief er plötzlich ein. Die Großmutter hingegen lag noch lange wach. Sie mußte für alle Männer ihrer Familie je ein Stoßgebet verrichten und endlich noch ein etwas längeres Gebet für das ganze unselige und zurückgebliebene Geschlecht überhaupt.

Am nächsten Tag geschah nicht viel, abgesehen davon, daß Burschi, der Engeläugige, einen Dorfbuben verprügelte, nachdem er ihm listigerweise ein Haxel gestellt hatte. Zur Rechenschaft gezogen, erklärte er erstaunt, daß ihm sein Vater jeden Abend Raufunterricht erteile und daß man größere Buben nur durch Haxelstellen zu Fall bringen könne.

»Was sagt da deine Mutter dazu?« erkundigte sich die Großmutter schwach. »Oh, die ist froh, wenn wir nicht mit ihr raufen«, entgegnete Burschi mit hinreißender Fröhlichkeit. »Armes Kind«, seufzte die alte Frau und streichelte das schimmernde Köpfchen, »armes, unschuldiges Kind!«

Nach dem Abendessen bekam der Großvater Redeverbot und zog sich gekränkt in seinen Lehnstuhl zurück, die Großmutter aber holte einen Missionskalender vom Kasten, zog Burschi auf ihre Knie und verkündete, sie werde ihm nun von einem wahren Helden vorlesen, der sein Leben geopfert habe und von den Heiden aufgefressen worden sei. Nach dieser Einleitung lehnte Burschi seine Wange an ihre Brust, schlang die Finger ineinander und lauschte. Die Großmutter las fünf Minuten, Burschi sah starr auf ihren Mund; der Großvater hörte zu schmollen auf und vernahm mit Interesse, wie der Missionär mit Güte, Nächstenliebe und Heiterkeit die keulenschwingende Heidenschar bekehrte. Weitere fünf Minuten erging sich die Großmutter darin, die wirklich erstaunliche Tugendhaftigkeit der Bekehrten zu schildern. Ihre Stimme hob sich triumphierend und der Großvater begann eben beschämt, die Daumen zu drehen, als plötzlich Burschi die langen Wimpern hob und mit seiner zärtlichsten Stimme verkündete: »Omamali, plag dich nicht so, du brauchst mir nur die Stelle vorlesen, wo der Missionär aufgefressen wird!«

»Eni, weni, Zuckerbeni«, summte der Zaun, während Beni mit der Hand über ihn hinstrich.

»Braver, lieber, schöner, guter, feiner, stolzer Lattenzaun«, sang er mit voller Stimme.

Der Zaun war froh, und Beni war froh, und die Büsche am Wegrand griffen mit flinken Zweigen nach seinen nackten Beinen.

»Ich hab' heute nicht Zeit«, entschuldigte sich Beni, »seid nicht böse, aber heute geht es wirklich nicht.«

Die Büsche ließen ihre Äste traurig hängen. Es war nicht auszuhalten. Seufzend trabte Beni zurück zum ersten Busch und drückte das Gesicht in sein kühles Laub.

»Schöner, Braver, Lieber«, murmelte er, »ich hab' dich schon gern.« Natürlich mußte er nun auch die anderen umarmen – sie waren so empfindlich und leicht gekränkt. Es war sehr mühsam und zeitraubend. Endlich lag das kleine Gehölz hinter ihm, und das hohe harte Gras drängte sich an seine Knie. Jetzt ging es ein wenig leichter. Mit der einen Hand strich er über den Zaun, die andere ließ er leicht über die Rispen der Gräser gleiten, vorsichtig, um sie nicht zu knicken.

Alles war versöhnt und gut, jeder bekam das, was ihm zustand, und rundumher waren sie alle seine Freunde.

Unten in der Schlucht toste der Wassermann, aber der konnte ihm nichts tun, der Lattenzaun ließ ihn nicht durch. »Dummer, böser, alter Wassermann«, sang Beni herausfordernd, »grauslicher, böser Zottel, kannst mich nicht holen, nicht holen, nicht holen ...«

»Wenn du dich nur nicht täuschst«, sagte plötzlich eine knarrende Stimme.

Beni blieb stehen und starrte erschrocken auf den Zaun. Natürlich, es war die neue Latte! Gelb und frisch stand sie zwischen ihren grauen, silbrig glänzenden Schwestern.

»Bist du mein Feind?« fragte Beni ernst.

Die Latte schwieg verstockt.

Plötzlich merkte Beni, daß er in seiner roten Spielschürze seine bunten Kiesel, den getrockneten Rosenkäfer und alle Schneckenhäuser mit sich trug. Er überlegte scharf.

Warum mochte ihn die Neue nicht? Vielleicht hatte er gestern versäumt, sie zu streicheln, das war schon möglich, sie griff sich nicht so glatt an wie die alten Latten. Aber er mußte sie gewinnen, wenn ihn nicht der Wassermann holen sollte. »Ich schenk' dir meine Steine«, schmeichelte er.

Die Gelbe lachte verächtlich.

»Und den Rosenkäfer und alle meine bunten Schnekkenhäuser.«

»Laß sehn«, schnarrte sie und riß ihr hölzernes Maul auf. Beni stopfte alles, was er in der Schürze trug, in sie hinein und hörte sie laut kauen, schmatzen und schlukken.

»Bist du jetzt mein Freund?« fragte er hoffnungsvoll.

»Noch nicht ganz, ich will noch deine Hasen.«

Beni starrte sie empört an.

»Die Hasen kriegst du nicht«, sagte er schnell und fest. Der Wassermann tobte ein wenig lauter.

»Hörst du«, spottete die Gelbe.

Plötzlich war Beni sehr traurig.

»Dann soll er mich halt holen«, sagte er ergeben.

Die Latte begann nachzugeben, er merkte es daran, daß ihre Farbe ein wenig verblaßte.

»Gut«, sagte sie, »dann mußt du mir die goldene Kette geben.« Die Kette hing im Kasten an Großvaters Weste und war ein richtiger Schatz. Es war nicht leicht, an sie heranzukommen. Beni überlegte krampfhaft. Er vernahm das Bröckeln kleiner Felsstücke und ein böses Zischen.

»Er kommt«, flüsterte die Latte, »er kommt.«

»Ja«, schrie Beni, »ich bring' dir die Kette«, und er rannte zurück, so schnell er konnte.

Die Steine hörten zu bröckeln auf und der Fluß brüllte. Der Wassermann war zurückgeplumpst und rumorte jetzt in der Schlucht.

Beni atmete auf.

»Lauf, lauf, lauf«, summten die grauen Freunde, und alle Haselsträucher zogen ihre Zweige ein, um ihn nicht aufzuhalten.

»So«, sagte die Mutter, »du fürchtest dich also allein? Schäm dich, so ein großer Bub mit vier Jahren und traut sich nicht allein auf den Heuboden.«

Betrübt läßt der Kleine die Unterlippe hängen.

Ja, es ist eine wahre Schande. Die Mutter hat gesagt, er soll in den Hühnernestern nachsehen und er ist auf der dunklen Stiege umgekehrt. Noch jetzt fühlt er die Angst im Bäuchlein.

»Das ist das schlechte Gewissen«, sagt die Mutter und nimmt ihn mit in die Stube, wo das Schwesterchen im Gitterbett schläft.

Heini muß denken, was die Mutter vom schlechten Gewissen gesagt hat. Wenn ich jetzt auf den Heuboden schleiche, wird sie mich loben. Deutlich spürt der Bub ihre weiche Wange an der seinen und hört ihr helles Lachen. Vielleicht, denkt er, tanzt sie auch mit mir in der Küche herum wie mit der kleinen Schwester.

Plötzlich beginnt das Bübchen zu laufen. Über den kleinen Hügel, durch den Hof und in den Stall. Die Kühe drehen die Köpfe herum und glotzen mit ihren riesigen Augen auf das Kind.

Über die steile, dunkle Stiege zum Boden kriecht man am besten auf allen vieren. Heini spürt, wie sich sein Herz ängstlich zusammenzieht. Sein erster Blick ist hinter die Tür. Aber da steht niemand, der ihn erschrecken will. Es ist dämmerig auf dem Heuboden. Rundherum stehen ernsthaft die hohen Heuberge, nur in der Mitte ist ein freier Raum. Dunkelbraun, beinahe schwarz glänzen die Bretter, wie im Extrazimmer beim Wirt, und genau so glatt sind sie. Man kann sich keinen Schiefer in die Ferse ziehen wie auf dem neuen Stubenboden.

Neugierig trippelt der Kleine von Heustoß zu Heustoß; jeder riecht ein bißchen anders, denn jeder kommt von einer anderen Wiese.

Es ist schwierig, bis zu den Nestern vorzudringen. Immer wieder rutscht er zurück und versinkt im Heu. Endlich gelingt es. Im ersten Nest liegen drei Eier, im zweiten nur eines. Heini ist froh. Er weiß, daß das große braune Ei nur von der gelben Henne sein kann. Die Mutter hat gesagt: »Die legt nicht mehr, ich muß sie abstechen.« Vielleicht darf sie jetzt doch weiterleben. Gerade die Gelbe ist so schön und zutraulich.

Ganz müde ist Heini geworden. Er setzt sich auf den Heublumenhaufen und zieht vorsichtig einen Disteldorn nach dem anderen aus den nackten Sohlen. So etwas muß man immer gleich besorgen, sonst tut es tagelang weh und obendrein kommt die Mutter und bohrt mit einer langen Nadel in der Haut.

Heini nimmt eine Handvoll Heublumen und riecht daran, bis er niesen muß. Dann fürchtet er sich ein wenig. So laut und unheimlich hat es geklungen.

Die Sonne liegt auf dem Dach und sickert in dünnen, gelben Streifen durch die Ritzen und Balken der Bretter. Die vielen hundert Spinnenmäntel leuchten wie Silber und Gold, und durch das winzige Fenster kann man ein Stückchen blauen Himmel sehen und einen Ast vom Birnbaum.

Der kleine Kopf wird ganz schwer. Und plötzlich sieht Heini, wie sich die Futterschneidmaschine zu drehen beginnt. Mühsam reißt er die Augen auf. Da steht sie still. Ein verstaubtes, eisernes Ungeheuer. Mißtrauisch starrt er sie an. Sie rührt sich nicht.

Beruhigt fallen die Augen wieder zu und durch ihren schmalen Spalt sieht das Bübchen jetzt ganz deutlich, wie sich von der Heuluke zum Stall der Deckel hebt und eine spitze rote Mütze auftaucht. Ein kleines, graues Männlein mit langem, gelbem Bart klettert heraus.

Ein Zwerg? denkt das Kind erstaunt. Nie hat es gewußt, daß sich im Stall ein Zwerg versteckt hält. Das Männlein beginnt zu summen wie eine Fliege und auf dem glatten Boden umherzuhüpfen. Nicht zu glauben, was für komische Sprünge so ein Zwerg machen kann.

Plötzlich klatscht er in die Hände und wirft die Mütze in die Luft. Heini muß laut lachen, aber da wird das Männlein böse. Ganz hoch hüpft es jetzt, stößt an die Decke und zerspringt in tausend Stückchen. Fassungslos versucht der Kleine die Augen zu öffnen, aber es gelingt nicht. Alles wird dunkel.

Jemand fährt mit einem feuchten Tuch über sein Gesicht. Wie unangenehm das ist! Zornig erwacht Heini und wirft den grauen Kater, der ihm das Gesicht abgeschleckt hat, von seiner Brust. Ein wenig scheu sieht das Kind auf die Luke. Ihr Deckel steht schief, sonst ist nichts zu sehen. Was für ein böser Zwerg das war? Vielleicht das Rumpelstilzchen?

Plötzlich findet er es ungemütlich auf dem Heuboden und klettert so rasch wie möglich die Stiege hinunter, die graue Katze unter den Arm geklemmt.

Im Stall steht das Mädchen Anna und zieht den Melkkittel an. Eben erst ist er auf den Heuboden geklettert und jetzt ist es schon so spät! Anna hat rote Wangen und große Zähne. Heini muß immer an sie denken, wenn jemand »prachtvoll« sagt. Sie hat die Zöpfe zu einer Krone aufgesteckt und weiß eine Geschichte. Eine sonderbare Sache.

Beinahe jeden Tag muß sie die Geschichte erzählen. Jemand hatte die Wolken für Wolle gehalten und war hineingesprungen. Der Unvorsichtige war mit zerbrochenen Gliedern liegengeblieben. Ohne ein Wort auszulassen oder hinzuzufügen, genau wie sie in ihrem Lesebuch steht, erzählt Anna die Geschichte.

Und jedesmal bettelt der Kleine: »Anna, gelt, der Mann war nicht ganz tot, nur ein bißchen.«

»Nein«, sagt sie hartherzig, »ganz tot.«

Heini ist verzweifelt: »Dann hab' ich dich nimmer lieb, wenn du ihn ganz tot sein läßt!«

Bekümmert schüttelt das Mädchen den Kopf. »Mausetot ist er!« Und wie jeden Tag läuft der Kleine aus dem Stall und nimmt sich vor, nie mehr mit Anna zu reden.

In der Küche steht die Mutter. Irgend etwas auf dem großen Herd dampft und wallt, daß man sie kaum sehen kann. Die Haare kleben ihr an den Schläfen, und sie verschwindet fast in der Küchenschürze. Endlich ist das Essen fertig: Rahmsuppe und Milchreis.

Besonders der Milchreis ist ein lustiges Essen. Zuerst kann man vorsichtig den Zucker herunterkratzen, dann bleiben noch immer die kleinen Butterseen darauf, und zum Schluß kann man jedes Reiskörnchen für sich zerbeißen. Heini hat ja so viel Zeit.

Die Mutter ißt im Stehen, sie ist immer so beschäftigt. Der Vater brummt zwar ein wenig darüber, aber er hat sich schon längst daran gewöhnt. Nach dem Essen geht er in den Obstgarten und der Bub darf mitkommen. So groß ist der Vater! Er muß sich fast ein wenig bücken, wenn er dem Kleinen die Hand geben will. Bei jedem Baum bleibt er stehen und murmelt etwas. Und Heini hört aufmerksam zu. Manchmal nimmt der Vater die Pfeife aus dem Mund und redet vom Wetter und von den Erdäpfeln. Und einmal bleibt er gar stehen und zeigt dem Kind die Stelle, wo im vorigen Herbst der Hund mit dem fetten Dachs gerauft hat. Dann schweigt er wieder und es ist beinahe so feierlich wie am Sonntag in der Kirche.

So gern möchte er dem Vater vom Rumpelstilzchen erzählen, aber er wagt nicht, die Stille zu zerstören.

Langsam wird es dämmerig unter den Apfelbäumen und Heini muß ins Bett.

Das Schwesterchen schläft schon wieder und hat sich nackt gestrampelt. Den dicken Daumem hält es im Mund, die Mutter zieht ihn vorsichtig heraus.

Als Heini schon im Einschlafen ist, kommt die Mutter mit einer Kerze und beugt sich über ihn. Sie kann nicht schlafen, vielleicht singen die Grillen heute lauter als sonst oder riechen die Nelken auf dem Fensterbrett zu stark?

»Mami«, sagt der Kleine schlaftrunken, »heute war ich auf dem Heuboden und das Rumpelstilzchen hat getanzt und ist vor Zorn zersprungen.« Die Mutter lächelt. Sie ist viel sanfter und freundlicher als am Tag und ihre langen schwarzen Zöpfe baumeln auf dem weißen Nachthemd hin und her. »Mami, wenn du die Frau Königin bist und ich dein Kind, gibst du mich dann her?« Da küßt ihn die Mutter auf den Mund und drückt ihn so fest an sich, daß er ihr Herz schlagen hören kann. »Nein«, murmelt sie, »dich gebe ich nicht her, nie!« Soviel Glück ist beinahe zuviel. Wie gut die Mutter riecht, nach Milch und frischen Nüssen. Alles ist leicht und gut und das böse Rumpelstilzchen in tausend Stücke zersprungen.

Die Dattelkerne

Eines Tages bekam Susi eine Schachtel verzuckerter Datteln und eine bunte Karte. Auf der Karte stand: Liebe Susi! Wir wünschen Dir, daß Du bald gesund wirst und nach Hause kommen darfst.

Die Karte war sehr sauber und gleichmäßig geschrieben, damit Susi sie auch bestimmt lesen konnte. Wenn sie jetzt in der Liegehalle auf ihrer Pritsche lag und der Schneesturm um das Bretterdach tobte, drehte sie fortwährend das steife Stückchen Papier in der Hand. Seit sechs Wochen war sie jetzt im Kinderheim und sie hustete immer noch ein wenig. Den ganzen Tag hindurch fürchtete sie sich vor dem kalten Wasserguß, der am Abend ihre mageren Schultern treffen würde, und wenn sie dann frierend im Bett lag, fürchtete sie sich vor der Morgendusche. – Die hohen Fenster im Schlafsaal standen Tag und Nacht offen und manchmal, wenn Susi erwachte, lag der feine, frischgefallene Schnee auf ihrem Gesicht. Ihr Bett stand nämlich neben dem Fenster. – Jeden Mittwoch kam der Herr Kaplan ins Heim und las den Kindern aus der Bibel vor. Aber Susi glaubte längst nicht mehr, daß die Hölle ein feuriger Ort sei. Nein, die Hölle war ein großes, weißes Haus, in dem die Sünder alle paar Stunden eiskalt geduscht wurden und in harten, weißen Steinbetten liegen mußten. Und es schneite und fror immerzu in der Hölle. – Susis Eltern schrieben jede Woche einen Brief, in dem sie versprachen, ihr kleines Mädchen bald abzuholen. Aber daran glaubte Susi schon lange nicht mehr. – Es gab abwechselnd eine schlechte und eine ganz schlechte Woche und das hing mit dem Wäschewechsel zusammen. In der ganz schlechten Woche bekam Susi nämlich die dicken schwarzen Wollstrümpfe angezogen, die nur für die Reise bestimmt gewesen waren. Aber das konnte die Schwester natürlich nicht wissen und Susi beklagte sich nicht, weil sie der Meinung war, man könne ohnehin daran nichts ändern. Sie vermied es, sich in dieser Woche mehr als unbedingt nötig zu bewegen. Je stiller sie sich verhielt, desto weniger kratzten die schwarzen

Strümpfe, dafür fror sie noch mehr als sonst. Gewiß gab es keine schlimmere Pein, als nach der morgendlichen Dusche, bebend vor Kälte, die rauhe Wolle über die feuchten Beine zu streifen. – Sie begriff nicht, warum man sie verstoßen hatte und grübelte jeden Tag in der Liegehalle darüber nach. Die anderen Kinder atmeten still und regelmäßig, nur sie konnte nicht schlafen. Sie sah die Schneeflocken auf die Brüstung sinken und fühlte, wie ihre kleine Nase blaß und gefühllos wurde. – Irgendwann hatte es einmal eine warme Stube gegeben, ein vorgewärmtes Federbett und einen Küchenherd, in dessen Glut man mit einem Span stochern konnte. Wenn sie es aber festzuhalten suchte, war auch das nicht mehr gewiß. Vielleicht hatte sie es nur geträumt und die wöchentlichen Briefe wurden von der Oberschwester geschrieben, um sie still und gefügig zu erhalten. Aber man konnte sie auf die Dauer nicht täuschen. Nichts war wirklich als der verschneite Berghang und nachts, wenn sie erwachte, der Schneegeschmack auf ihren Lippen. – Die anderen Kinder sahen so warm und lebendig aus und sie redeten immerzu von daheim und schmiedeten Pläne, als sollten sie wirklich nur kurze Zeit hierbleiben. Susi verachtete sie wegen ihrer plumpen Gläubigkeit; oder war es vielleicht so, daß sie alle mit den Schwestern unter einer Decke steckten und nur dazu hier waren, um sie, Susi, irrezuführen? Aber zwei Freunde hatte das kleine Mädchen doch gefunden, zwei Buben von zwölf und fünfzehn Jahren. Sie waren natürlich viel größer als Susi, aber sie schienen sich nichts darauf einzubilden. – Zwischen ihnen saß Susi nun immer bei den Mahlzeiten und in der Erholungspause. Es gefiel ihr hier besser als bei den Mädchen, die sie nicht in Ruhe nachdenken ließen. Wenn sie Ohrenschmerzen hatte und den Verband tragen mußte, las Max, der ältere von den beiden, ihr aus einer großen Zeitung vor, bis sie sich ein wenig besser fühlte. – Max war Fleischerlehrling und so stark, daß kein Mensch auf den Gedanken gekommen wäre, er könne krank sein. Er interessierte sich für Sportberichte und erzählte der staunenden Susi, daß es Leute gab, die um einen Ball kämpften, und solche, die sich zum Spaß grün und blau schlugen. Ja, daß man dafür sogar noch bezahlt wurde! – Otto, ihr jüngerer Freund, saß dann still neben ihr und rieb ihre kalten Hände. Seine Wangen glänzten wie polierte Äpfel. Manchmal glaubte Susi in seinen nachdenklichen Augen dieselben Zweifel zu lesen, die sie beständig quälten. Aber sie konnte ihn nicht fragen. – Wenn Otto von seiner Mutter ein Päckchen bekam, teilte er getreulich mit seinen beiden Freunden. Max erhielt nie ein Paket, er hatte keine Eltern mehr, nur einen Freund. Aber der war so arm, daß er ihm nur die Sportzeitung schicken konnte. – Auch Susi teilte ihre Datteln in drei Teile. Es blieben ihr fünfundzwanzig Stück und sie beschloß, jeden Tag fünf Stück zu essen. Aber dann schmeckten sie so süß und fremdartig, daß sie alle auf einmal aufessen mußte. Damit hätte sie eigentlich die Datteln vergessen können, wenn nicht die fünfundzwanzig Kerne zurückgeblieben wären. Zu Hause hätte man sie einfach in den Ofen gesteckt oder in den Eimer geworfen. Aber hier, wie sollte man sie loswerden? – Es gab nur glänzende Rohre und Heizkörper, wie Susi sie nie zuvor gesehen hatte. So schlich sie also auf den Korridor und verteilte die fünfundzwanzig Kerne zwischen den Rohren der Heizkörper. In der Nacht erwachte sie und hörte die Telephondrähte singen, aber bei dem Gedanken an die Dattelkerne wurde ihr glühend heiß. – Sie wußte, welche Strafe man zu erwarten hatte, wenn man ein Thermometer zerschlug oder ungehorsam war, aber was mit einem Kind geschieht, das Dattelkerne in der Dampfheizung versteckt, wußte sie nicht. Ein derartiges Vergehen war bestimmt noch nicht vorgekommen. Wußte man denn, wie sich die unheimlichen Silberrohre in diesem Fall benehmen würden? Sie konnten zerplatzen, sich wie Schlangen einringeln oder über Nacht schwarz werden. Es war ihnen alles zuzutrauen. »Wenn nichts passiert«, flüsterte Susi, »darf ich wieder heimfahren. Lieber Gott, mach, daß es niemand bemerkt.« – Etwas in ihrer Brust tat so weh, daß sie husten mußte, dann zog sie die Decke über den Kopf. – Jeden Tag sah sie nach den Kernen und wunderte sich darüber, daß nichts geschah. Die glänzenden Rohre schienen ihre Gegenwart nicht übelzunehmen. – Aber natürlich konnte das auch Verstellung sein. Schon ganz gewöhnliche Tische und Kasten hatten sich als falsch und heimtückisch erwiesen, es war keinem Ding zu trauen. – Und dann, eines Abends, sagte die Schwester: »Susi, morgen kommt dein Vater und holt dich ab. Freust du dich?« – Susi verzog das Gesicht zu dem erwarteten Lächeln und sagte: »Ja.« Aber sie freute sich gar nicht. Sie lag im Bett und stellte sich vor, wie das Hausmädchen von Rohr zu Rohr ging und der Reihe nach alle fünfundzwanzig Kerne fand. Ihre Hände waren feucht vor Angst und sie wäre am liebsten weit fortgelaufen. – Als der Vater im beschneiten Mantel in der Halle stand, begann sie laut zu weinen. Sie stieß die tröstende Schwester zur Seite, preßte das Gesicht gegen die kalte Wand und rührte sich nicht, bis der Vater ihr Kinn sanft zurückbog. – Später, als sie zur Station gingen, hätte sie ihm so gerne gesagt, daß es nur gut ausgegangen war, weil niemand die Dattelkerne entdeckt hatte. Aber gerade als sie den Mund auftun wollte, merkte sie, daß sie es nicht sagen konnte, und so begnügte sie sich damit, leise und glücklich zu lachen.

Die Magd

»So«, sagte mein Freund, »und jetzt muß ich noch auf den Friedhof gehen.«

Er kaufte beim Gärtner der kleinen Stadt einen großen Strauß bunter Astern und ich begleitete ihn.

Vor einem unscheinbaren Grab in der letzten Reihe blieb er stehen und begann das üppig wuchernde Unkraut auszureißen. Auf dem Grabkreuz stand zu lesen: »Hier ruht in Gott das ehrenwerte Fräulein Johanna Hinteregger.«

Ich schwieg und wartete. Der bunte Strauß leuchtet in herbstlichen Farben aus dem Friedhofsgras.

»Sie wird sich freuen«, sagte mein Freund. »Astern waren ihre Lieblingsblumen.«

Er sah meinen fragenden Blick und fuhr fort: »Sie war unsere Magd, dreiunddreißig Jahre lang.

Ich muß dir von ihr erzählen, sie ist ein Stück meiner Jugend. Sie war mit fünfzehn Jahren zu uns gekommen, als meine Mutter ihr erstes Kind erwartete. Damals war sie zunächst Stallmagd und meine Mutter besorgte die Küche selber. Mutter war gerade neunzehn Jahre alt und von schwacher Gesundheit, als meine Schwester Susi zur Welt kam. Es fiel ihr ein bißchen schwer, dem großen Haushalt vorzustehen, denn, wie sie mir später erzählt hat, glaubte sie immer in den Augen ihrer Untergebenen den stillen Vorwurf zu lesen: Du bist noch viel zu jung, der ›Herr‹ hätte besser eine ältere Frau geheiratet.

Sie hatte einen schweren Stand und brachte sich in den ersten Ehejahren halb um vor Arbeit, um nur ja ihre Tüchtigkeit zu beweisen.

Hanna, die junge Magd, ließ sich gut an. Sie war fleißig, verständig und doch noch ein ganzes Kind. Meine Mutter hatte sie gern und behandelte sie fast wie eine jüngere Schwester. Allerdings nicht allzu lang, denn später übernahm unmerklich die Magd die Führung. Meine Mutter wußte, daß es am besten war, dem klugen Mädchen freie Hand zu lassen und gab zu allen Vorschlägen ihre Zustimmung.

Meine erste Erinnerung an Hanna reicht weit zurück. Ich saß als ungefähr dreijähriger Bub auf ihrem Schoß, den Kopf schläfrig an ihre Brust gelehnt. Sie hatte sich einen Schemel vor den Herd gerückt und erzählte, daß die große, weiße Kuh heute nacht ein Kalb bekommen werde.

Meine Schwester stand vor der Ofentüre und stocherte mit einem langen Span in der Glut.

›Hanni‹, sagte sie, ›wo kommt das Kalb her?‹

›Das ist im Bauch der Kuh gewachsen.‹

Begeistert sah ich sie an. Daß so etwas möglich war! Ich bewunderte meine Schwester, daß ihr diese Frage eingefallen war. Sonderbarerweise gab sich diese mit der Auskunft zufrieden und stocherte weiter.

Der rote Schein fiel auf Hannas Gesicht und ich fand es wunderschön. Ihre roten Backen glänzten wie polierte Äpfel und das dicke, blonde, in Zöpfen geflochtene Haar hing ihr über die Schultern.

Ich sah ihre großen Zähne leuchten und griff lachend danach. Dann wickelte ich mich fest in ihre blaue Schürze. Warm und behaglich wurde es mir in ihren Armen.

Ich hörte Susi noch einmal etwas fragen und Hanna lachen. Dann schlief ich ein.

Hanna war immer bei uns. Da unsere Mutter keine Zeit hatte, liefen wir wie die Hündchen immer hinter der Magd her. Ich kann mir noch heute nicht denken, wie es ihr möglich war, ihre Arbeit zu leisten. Sie muß hundert Hände gehabt haben. Sie wusch uns die kleinen, verschmierten Gesichter und flocht Susis spärliches Haar zu dünnen Zöpfen. Am Abend, wenn alle Arbeit getan war, lief sie mit uns rund ums Haus und schwenkte uns in die Luft, wenn sie uns erwischt hatte.

Später steckte sie die Zöpfe auf und wuchs noch ein gutes Stück dazu. Sie war ein großes, grobknochiges Mädchen, mit blühenden Farben. Noch immer war sie für mich die schönste Frau. Mir gefielen ihre breiten, roten Hände, und ich bewunderte sie sehr, weil sie so große Schuhe brauchte wie der Vater. Mutters Schuhe verschwanden ganz daneben, und sie tat mir immer ein bißchen leid deshalb.

Tausend Erinnerungen an Hanna steigen auf. Ich sehe

sie im Stall zwischen den Kühen. Jeden Samstag nahm sie alle vor und striegelte und kämmte sie, bis sie weiß und glänzend dastanden mit seidigen Fellen. Einmal durfte ich versuchen zu melken. Es kam wirklich ein wenig Milch, und ich war stolz und beglückt, als Hanna es zu Mittag erzählte. Mutter hatte es nicht gern, wenn wir uns im Stalle aufhielten, sie sagte dann: ›Ihr stinkt schon wieder‹, und warf Hanna einen ärgerlichen Blick zu.

Der Samstagvormittag war immer ungemütlich. Da wurde im Haus geputzt. Wir durften nirgends hinsteigen, überall war der Boden beängstigend sauber und man konnte die Abdrücke unserer kleinen Schuhe sehen. Dann wurde die Magd böse. Ihre blauen Augen blitzten zornig und ihre Wangen wurden noch röter. Sie schlug uns das nasse Reibtuch um die nackten Beine und wir ergriffen die Flucht.

Nachmittags war sie dann wieder heiter und gut. Sie putzte die Türklinken im ganzen Haus und wir trippelten neben ihr her und ließen uns wahre Geschichten erzählen.

Sie hatte nämlich sechzehn Geschwister, die wir immer verwechselten, was Hanna in wahre Lachkrämpfe versetzte. Sie merkte gar nicht, daß wir uns noch dümmer stellten, als wir waren. ›Gelt, Hanni, der Sepp, das ist dein Bruder, der im Hüttendorf verheiratet ist?‹

Dabei wußten wir genau, daß es der Zweijährige war.

Gespannt warteten wir auf ihr Lachen. Es kam immer.

Dann wurde der große Herd mit Schmirgelpapier geputzt, immer wieder, bis er funkelte vor Sauberkeit. Wir saßen auf dem kleinen Schemel, stellten dumme Fragen und Hanna beantwortete sie geduldig. Sie hat uns nie geküßt, aber manchmal, wenn niemand dabei war, preßte sie uns so fest an die Brust, daß sich die Knöpfe ihres Kleides schmerzhaft gegen uns drückten.

Noch viel gab es zu tun am Samstag. Der Brunnen wurde abgelassen und gekehrt und wir sahen neugierig in den grünbemoosten Ausguß, aus dem, wie uns das Mädchen versicherte, ab und zu der Wassermann seine langen Finger streckte. Sie hatte ihn jedenfalls schon gesehen, immer am Morgen, wenn wir noch im Bette lagen.

›Es ist überhaupt besser, wenn man ihn nicht sieht, das macht nur traurig.‹

Dabei glänzte ihr Gesicht vor Fröhlichkeit. Über Hanna hatte er keine Macht, der Wassermann.

Aufregend war es auch immer, wenn der Schweinestall gesäubert wurde und die Schweine in den Hof laufen durften. Ich wußte nie genau, ob ich sie mochte oder nicht. Sie waren so unbegreifliche Geschöpfe und keinem vernünftigen Zuspruch zugänglich.

Wenn ich mit einer Kuh redete, sah sie mich groß an und schleckte mir dann das Gesicht ab. Ich wußte: sie hat mich verstanden.

Aber die Schweine fuhren borstig und ungezogen von einer Ecke in die andere und stießen mich mit dem Rüssel, daß ich beinahe umfiel. Dazu grunzten sie unfreundlich. Hanna aber hatte auch sie in ihr Herz geschlossen. Sie strich sie hinter den Ohren mit Laussalbe ein und wischte ihnen die boshaften Äuglein mit einem Tuch aus. Alle Tiere hingen an ihr. Die Jagdhunde sprangen am Morgen freudig an ihr hoch, und Hanna lachte und stand gerade wie eine junge Fichte unter den ausgelassenen Tieren.

In solchen Augenblicken konnte ich sie maßlos bewundern und bekam feuchte Augen vor Stolz und Liebe.

Die schönste Zeit war im Sommer. Jeden Tag, wenn schönes Wetter war, lief ich mit Hanna ins Heu. Sie kletterte rasch und sicher die Bergwiese hinauf, und wenn ich nicht mitkonnte, setzte sie mich auf ihren Nacken. Ich war für sie eine winzige Last. Sie trug die großen Heubündel auf dem Kopf zum Stadel und keuchte kein bißchen dabei. Nur die Lippen hielt sie fest zusammengepreßt. ›Das muß man‹, sagte sie, ›sonst hebt man sich einen Bruch.‹

Meine Mutter sah ihr manchmal mit einem sonderbaren Blick nach; wie die verkörperte Gesundheit und Kraft ging Hanna durchs Haus. Ihr blondes Kraushaar leuchtete wie reife Gerste. Dann seufzte meine Mutter und ihre großen Augen wurden dunkel und traurig. Für sie war das Leben keine leichte und fröhliche Angelegenheit. Die

Arbeit hing wie eine schwere Kette an ihren Füßen. Meine Liebe zu ihr war ritterlich und beinahe mitleidig.

Hanna aber liebte ich, wie man das junge überquellende Leben liebt.

Manchmal nahm sie mich mit in ihre Kammer und zeigte mir ihre kleinen Schätze. Besonders hatte es mir eine Schachtel mit Heiligenbildern angetan. Das Lamm Gottes in einem Kranz von Vergißmeinnicht war da zu sehen und der Heiland mit einem riesigen blauroten Herzen auf der Brust, aus dem purpurne Tropfen sickerten. Dieses Bild fürchtete ich ein bißchen, aber trotzdem wollte ich es immer sehen. Ich war überhaupt leicht zu rühren. Hanna kannte ein Lied, in dem viel von Herzeleid und -weh vorkam. Die kalten Schauer rannen mir über den Rücken, wenn sie sang, und ich versteckte mein Gesicht in ihrer Schürze und weinte bitterlich.

›Bist halt ein ganz dummer Bub‹, sagte sie dann, und es war kein Vorwurf, sondern eine schlichte Feststellung. Auf ihrem Fensterbrett hatte sie rote Blumen stehen. Sie sagte, es seien Geranien, sie blühten nur in ihrer Kammer. Am Sonntag durften wir mit ihr zur Kirche gehen, und auf dem Heimweg wurden wir manchmal müde. Dann setzte sie mich auf ihre Arme und Susi nahm sie auf den Rücken. So trug sie uns heim, und ich habe nie bemerkt, daß sie außer Atem kam. Es war eine Selbstverständlichkeit, daß sie für uns arbeitete, uns umherschleppte und am Abend noch mit uns spielte.

Als Hanna sieben Jahre bei uns war, wurde unsere Schwester Henriette geboren. Mutter hatte zu diesem Kind gleich nach der Geburt eine abgöttische Liebe gefaßt. Sie widmete sich nur noch seiner Pflege, saß tagelang neben dem kleinen Korb und ließ keinen Blick von dem winzigen Geschöpf. Sie vernachlässigte den Haushalt. Da nahm mein Vater eine neue Stallmagd auf, und Hanna zog ins Haus als Wirtschafterin. Für uns hatte sich nicht viel geändert. Wir hingen noch immer an ihren Kittelfalten. Und als wir zur Schule gingen, war *sie* es, die mit uns schrieb und rechnete. Alle drei saßen wir um den großen Küchentisch und wiederholten das Kleine Einmaleins. Ich konnte mir nicht merken, daß sieben mal sieben neunundvierzig ist. Hanna war stundenlang nichts als geduldig, dann begannen plötzlich ihre blauen Augen zu glühen. Sie schrie mich heftig an, und seitdem weiß ich, wieviel sieben mal sieben ist.

Nachher wischte sie mir mit der Hand übers Gesicht, putzte mir mit der blauen Schürze die Nase und alles war wieder gut. Und wie schön waren erst die Winterabende. Mutter war früher zu Bett gegangen, und wir durften mit Hanna aufbleiben.

Sie saß im Ofenwinkel, vor sich einen Korb mit Äpfeln, schnitt sie in Spalten, und wir durften helfen. Die Kerne kamen in ein winziges Körbchen und wurden am nächsten Tag ins Vogelhaus gestreut. Ab und zu legte Hanna ein Scheit Holz auf die Glut. Die Hunde in ihrer Ecke bellten und winselten im Traum, und der Schneesturm rüttelte an den Fensterläden.

Nie wieder habe ich mich so sicher und glücklich gefühlt wie damals. Als wir ein bißchen größer wurden, erzählte sie manchmal Gespenstergeschichten. Wir drückten uns dann fest an ihre Knie, und Susi fürchtete sich so sehr, daß Hanna den dicken Wollstrumpf aus der Hand legen mußte und das zitternde Mädchen auf den Schoß hob.

Einmal im August nahm sie uns mit zum Kirtag.

Wir hatten ein bißchen Geld bekommen, und nun wurde uns die Wahl schwer. Susi entschied sich schließlich für eine Schachtel roter, klebriger Zuckerln und für ein Stück Seife, das den Kopf des Kaisers Franz Joseph darstellte. Ich legte mein Geld in Schaumrollen an und, damit das Gemüt nicht zu kurz kam, erstand ich auch noch ein winziges wächsernes Jesulein in einer Holzkrippe. Hanna lobte ich sehr für diesen Kauf und schenkte uns noch einen Sack Busserln. Diesen und ein großes Lebkuchenherz hatte sie von einem jungen Burschen bekommen, der die ganze Zeit neben ihr stand und, wie mir schien, lauter unverständliches Zeug daherredete. Hanna hörte ihm ganz versunken zu und nestelte an ihrem Halstuch herum. Ich ärgerte mich. Was wollte der Kerl nur von ihr? Uns gehörte sie doch ganz und gar.

Den ganzen Herbst über war sie nachdenklich und einmal, als wir auf dem Feld Erdäpfel klaubten, sah ich, daß sie weinte. Das war mir ein so ungewohnter Anblick, daß ich vor Bestürzung nicht einmal zu fragen wagte.

Ja, unsere Hanna war nicht mehr so fröhlich wie früher, manchmal hörte ich sie in der Nacht stöhnen, und das Herz tat mir weh vor Mitleid, aber am nächsten Morgen dachte ich nicht mehr daran.

Zu Weihnachten hatte sie eine lange Unterredung mit den Eltern und kam mit verweinten Augen aus Vaters Kanzlei. Sie stieg ein wenig schwerfällig über die Stiege, und wir sahen ihr beklommen nach.

Am nächsten Tag war sie wieder wie früher, und ihre Augen hatten den alten Glanz.

Am Abend stach sie Lebkuchenherzen aus dem Teig, und wir durften die Nüsse aus den Schalen klauben. Dann wurde in jedes Herz eine halbe Nuß gesteckt und mit Zuckerglasur übergossen.

Es war so süß, daß mir alle Zähne weh taten.

›Hanni‹, fragte meine Schwester, ›wo ist denn das große Herz hingekommen, das über deinem Bett gehangen hat?‹ Das Mädchen wurde glühend rot: ›Das war ein falsches, nichtsnutziges Herz, und ich habe es den Hunden verfüttert.‹ Ihre Augen waren plötzlich ganz hart geworden und ich fürchtete mich ein bißchen.

Im Mai war wieder ein kleines Kind da. Diesmal gehörte es Hanna und wir fanden es ganz gerecht, denn unsere Mutter hatte ja noch das Henrietterl, mit dem sie den ganzen Tag spielte. Wir kannten unsere kleine Schwester kaum. Zierlich und hübsch angezogen wie eine Puppe, saß sie auf den Knien der Mutter.

Susi sagte einmal zu mir: ›Die Mutter mag uns nicht, wir sind sicher Stiefkinder!‹

Tieftraurig ging ich sofort zu Hanna, um sie zu fragen. Sie saß in ihrer Kammer, denn es war Sonntagnachmittag, und wickelte ihren Buben. Sie sah mich nachdenklich an, dann klopfte sie mir auf den Rücken und sagte:

›Du bist halt ein ganz dummer Bub.‹

Dann knöpfte sie ihr Kleid auf und legte das Kind an die große runde Brust, und ich sah ein bißchen eifersüchtig zu.

Das Kind der Magd wuchs mit uns auf und lief bald hinter seiner Mutter her. Es war ein schöner, starker Bub mit roten Backen, leuchtenden Augen und demselben blonden Kraushaar wie seine Mutter.

Es hatte sich nichts geändert.

An den Winternachmittagen saß er jetzt auf dem kleinen Schemel vor unserem Herd, und wir schrieben unsere Aufgaben. Hanna konnte uns jetzt nicht mehr viel helfen. Wir mußten Vater bitten, aber er war ungeduldig, und wenn wir nicht gleich begriffen, warf er uns kurzerhand zur Tür hinaus. Dann schlichen wir wieder zu Hanna, und das gute Mädchen setzte sich zu uns und rechnete, bis ihm der Schweiß auf der Stirne stand. Trotzdem gingen die Rechnungen meist nicht auf und Hanna versuchte uns zu trösten, schob Äpfel in das Bratrohr und ließ sie braten, bis sie zerplatzten.

Dann streute sie Zucker darauf, und unser Kummer verflog wie eine Feder im Wind.

Als der Bub der Magd drei Jahre alt war, erkrankte er plötzlich und starb an einer Seuche. Unser Henrietterl folgte ihm in wenigen Tagen nach und eine traurige Zeit begann für uns alle.

Mutter verstecke sich in ihrem Zimmer, zog schwarze Kleider an und wollte uns nicht sehen. Vater verließ seine Kanzlei nur mehr zu den Mahlzeiten. Damals kümmerte sich außer Hanna kein Mensch um uns. Sie trug ihre gewöhnlichen Blaudruckkleider, war freundlich und nachsichtig zu uns, nur lachte sie nicht mehr.

Im folgenden Herbst kamen Susi und ich in die Stadt zu einer Tante. Beim Abschied klammerten wir uns an Hannas Rock, sie strich uns immer wieder übers Haar, und ihre Lippen zitterten. Als wir zu Weihnachten nach Hause kamen, fanden wir ein neues Kind vor. In einem Korb neben Hannas Bett lag es und war unser jüngster Bruder Ernst. Er war genau vier Wochen alt.

Mutter wollte ihn nicht sehen und lag krank zu Bett. Und als sie wieder aufstand, blieb es dabei. Wir freuten uns über das zappelnde kleine Wesen und hörten Hanna ganz zaghaft lachen. Jetzt hatte sie ja wieder ihr Kind.

Zum Abschied steckte sie uns ein großes Paket mit Lebkuchen und Zuckerwerk zu und weinte ein bißchen.

Wir schrieben ihr alle vierzehn Tage eine Karte.

Wie oft sind wir noch in den Ferien nach Hause gekommen, und Hanna lief uns schon bis zur Gartentüre entgegen. Besonders ein Bild wird mir unvergeßlich bleiben.

Es war in einem Osterurlaub, der Kutscher wartete schon auf der Straße, und wir mußten uns noch von Hanna verabschieden. Sie stand an der Gartentür und drückte mich wieder so heftig an die Brust, daß sich die Knöpfe ihrer Jacke in meine Wangen bohrten.

Dabei murmelte sie: ›Du bist halt ein ganz dummer Bub.‹

Als wir schon im Wagen saßen, stand sie noch immer an der Gartentür.

Sie hatte den kleinen Ernst auf den Arm genommen und winkte uns nach.

Die Frühlingssonne ließ ihr gelbes Haar aufleuchten. Groß und stark stand sie dort, eine mütterliche Gestalt.

Als Ernst zwölf Jahre alt war und in die Stadt kam, erwartete meine Schwester Susi ihr erstes Kind und zog mit ihrem Mann zu unseren Eltern. Es war gerade rechtzeitig, um Hanna wieder zu einem Kind zu verhelfen. Es lag in dem alten Korb neben ihrem Bett und gedieh zusehends. Nun war sie wieder auf zehn Jahre versorgt.

Nach zwei Jahren folgte wieder ein Bub, und Hanna wurde mit jedem Tag jünger.

Es war für mich ein ganz sonderbares Gefühl, wenn ich in meinem Urlaub auf dem wohlbekannten Schemel die beiden Kinder zu ihren Füßen sitzen sah. Noch immer strickte sie an einem dicken Wollstrumpf, und noch immer brutzelten die Äpfel im Backrohr. Ich hörte das helle Lachen des alten Mädchens, sah ihre roten Backen und die leuchtenden blauen Augen, und sie erschien mir unsterblich.

Als mein Bruder Ernst mit einundzwanzig Jahren von der Hochschule nach Hause kam, geschah etwas Schreckliches.

Wir hatten alle gesehen, daß er verändert war. Seine Augen waren scheu und unstet, und seine blassen Hände zitterten. Er sah alt und verlebt aus, aber wir sahen alle darüber hinweg und keiner wagte, darüber zu sprechen. Hanna saß in der Küche und klaubte Rosinen aus, als Ernst eintrat, sie zu begrüßen. Sie wollte freudig aufspringen. Plötzlich stockte sie und sah ihn scharf an. Ihr Gesicht begann zu glühen. Sie wischte sich die Hand sorgfältig an der Schürze ab und ging ihm entgegen. Als sie dicht vor ihm stand, holte sie plötzlich aus und gab ihm links und rechts ein paar Ohrfeigen. Dann ging sie aus der Küche.

Ernst stand wie erstarrt, dann errötete er glühend und verschwand in sein Zimmer. Am nächsten Tag war er in aller Frühe weggefahren, und als er im Sommer wiederkam, war er braun und jung wie früher.

Hanna drückte ihn an ihre Knöpfe und war ganz Freude und Stolz.

Es war ein sehr heißes Jahr damals, und im Juli fiel Hanna im Garten plötzlich um und stand nicht mehr auf. Kein Mensch konnte es fassen. Zufrieden lag sie auf der Bahre in ihrem schwarzen Sonntagskleid, das graublonde Haar sorgfältig geflochten und das Gebetbuch in den verarbeiteten Händen. Meine Mutter sah sie erstaunt an. Sie schien ungehalten. Plötzlich stockte der ganze Betrieb. Heute ist eine Köchin, ein Hausmädchen und ein Kinderfräulein da.

Aber es riecht nicht mehr nach Lebzelten und Bratäpfeln. Es ist ein fremdes Haus geworden und ich mag nicht mehr hinfahren.«

Der General stirbt

Das Kommando setzte sich in Bewegung. An der Spitze ritt der Leutnant Thaller. Seine Schimmelstute tänzelte in der scharfen Morgenluft und ließ von Zeit zu Zeit ein aufgeregtes Schnauben ertönen.

Es war noch nicht ganz hell; trotzdem konnte der Leutnant alles deutlich sehen und er wunderte sich darüber.

Er hoffte, zu Pferd eine anständige Figur zu machen, und straffte die Schultern. Es war sein geheimer Kummer, daß er von kleiner Gestalt war, ein Mangel, den er durch Schneid und Eleganz auszugleichen versuchte. – Nicht ohne Erfolg, wie er sich eingestehen konnte.

Einen Moment lang dachte er an den Deserteur, der erschossen werden sollte. – Der Mann mußte völlig die Nerven verloren haben – unbegreiflich! Es hatte sich auch bei der Untersuchung gar nicht herausgestellt, warum er es getan hatte.

Eigentlich tat ihm der Mann leid, und er verabscheute das Kommando. Aber er konnte sich nicht weigern, es zu übernehmen; außerdem war es ganz nebensächlich, unter wessen Kommando man erschossen wurde.

Dem Deserteur war nicht zu helfen.

»Gerechtigkeit muß sein«, sagte der Leutnant halblaut und wiegte sich im Sattel.

Der Himmel war blaß und klar, ein schöner, kalter Wintertag versprach anzubrechen.

Der scharfe Wind ließ den Leutnant frösteln, aber er hatte sich sofort wieder in der Gewalt, spannte die Muskeln an und sah starr geradeaus mit seinen leuchtendblauen Augen, den schönsten Augen des Regiments, wie sich eine verliebte Dame geäußert hatte.

An seiner Seite ritten der Feldkurat Plöchl und der Regimentsarzt Sommer, zwei unförmige Männer in mittleren Jahren, die zusammengesunken in ihren Sätteln saßen, die Köpfe in die Schultern gezogen und die Mantelkragen aufgestellt. – Der Regimentsarzt war noch nicht ganz nüchtern vom vergangenen Abend und der Kurat verdrießlich und in sich gekehrt, wie immer bei derartigen Gelegenheiten. Dahinter folgte der Zug mit dem Gefangenen. – Die kahle Allee schien kein Ende nehmen zu wollen. – Der Wind pfiff empfindlich und ließ des Leutnants Ohren wie im Feuer brennen. Es mußte bitter sein, bei dieser Kälte zu sterben – oder vielleicht hing man bei kaltem Wetter weniger am Leben als an einem strahlenden Sommermorgen. – Der Leutnant entschloß sich, zu seiner eigenen Beruhigung, das letztere anzunehmen. Schließlich verscheuchte er den Gedanken überhaupt und fing an, im Geist seine Finanzen zu überschlagen. Plötzlich begann die Stute zu traben, er versuchte sie zu zügeln, aber sie war nicht aufzuhalten – ja, sie wurde immer rascher, kaum, daß ihre Hufe noch den Boden berührten. Er hörte ein zartes, gläsernes Klirren auf der hartgefrorenen Erde und schloß die Augen. Dann war er auf dem Schießplatz und wunderte sich darüber, daß sein Zug schon auf ihn wartete.

Der Kurat und der Regimentsarzt starrten ihm vorwurfsvoll entgegen, als hätten sie die längste Zeit auf ihn warten müssen in der kalten Morgenluft.

Er fühlte sich verwirrt und beunruhigt und wußte nicht, was er falsch gemacht hatte.

Endlich war alles soweit.

Der Kurat hatte dem Gefangenen am Pfahl den geistlichen Trost gespendet und war zurückgetreten. Der Mann sah mit teilnahmsloser Miene in den Himmel, das heißt, er konnte natürlich nicht sehen durch das weiße Tuch, nur sein Gesicht war zum Himmel gerichtet.

Das erste Glied kniete nieder und brachte die Gewehre in Anschlag. Jetzt mußte der Leutnant das Kommando geben. Er räusperte sich und gab das Zeichen. Aber es erklang kein Schuß. Die Gewehre rauchten und die Männer sahen ihn fragend an.

Verwirrt wollte er das Kommando wiederholen, als er plötzlich, von Schwindel erfaßt, in die Knie sank. Er hörte, wie sich der Regimentsarzt über ihn beugte und sagte »tot«.

Er strengte sich an, die Augen zu öffnen, und es gelang ihm schließlich auch. Durch die Allee sah er seinen Zug wegreiten mit der Schimmelstute an der Spitze, auf der sich der Leutnant Thaller in den Hüften wiegte.

Dann blickte er an sich nieder.

Er lag auf dem Rücken unter dem Pfahl, und aus einem Loch in seiner Brust sickerte das rosarote Blut. So was, dachte der Leutnant, sie haben aus Versehen mich erschossen. Aber wieso reite ich dann nach Hause, als ob nichts geschehen wäre? Er versank tief in Gedanken. Das Ganze mußte ein Irrtum sein. Es erinnerte ihn an ein Theaterstück, das er vor kurzem gesehen hatte und in dem auch alles so völlig unwahrscheinlich zugegangen war. – »Dieses Stück gehört verboten«, sagte er unwillig. Dann wurde ihm bewußt, daß er allein war. Rund um ihn war nichts als Schnee, Schneegebirge am Horizont und riesige, geballte Wolken von Schnee über seinem Haupt. Ein paar große weiße Flokken senkten sich herab. Sie werden mich erdrücken, fürchtete der Leutnant, aber sie legten sich ganz sachte auf sein Gesicht. Durch ihre spitzen Kristalle sah er drei rote Sonnen am Himmel stehen und es wurde ihm klar, daß er sich mitten im Weltende befand. Diese Erkenntnis beruhigte ihn sehr. Nichts war jetzt noch absurd und unbegreiflich – die drei Sonnen am Himmel erklärten alles.

Große Neugierde erfüllte ihn, wie er so lag und sah. Immer neue Flocken sanken auf ihn nieder, an den Sonnen vorüber und auf sein Gesicht. Ihr Geglitzer schmerzte in den Augen, aber er wollte nicht aufhören zu schauen. Wenn ich noch ein bißchen durchhalte, dachte er, werd' ich alles erfahren. Er wußte nicht, was er eigentlich erfahren wollte, aber er wünschte es dringend und aus ganzer Seele. Dann setzte die Musik ein. Er blickte um sich, konnte aber nichts sehen außer Schnee. Endlich begriff er, daß die Musik aus den Sonnen kam. Er nahm eine Handvoll Schnee und fing an, eilig das Loch in seiner Brust damit zu verstopfen. Aber das war falsch, der Schnee schmolz und rann als Eiswasser in seine Adern – glühende Kälte verbrannte ihn. Durch einen weißen Schleier stürzten die drei Sonnen auf ihn nieder. – Nach Luft ringend, erwachte der General. Er spürte, wie etwas in seiner Brust zerriß. Seine Augen suchten das gelbe Flämmchen des Nachtlichts, aber sie fanden nur Finsternis.

Die Geschichte vom Menschenmann

Eines Nachmittags saß die große Mutter auf einem Stein und sonnte sich. Sie hatte einen anstrengenden Tag hinter sich und war ein bißchen schläfrig, ja, es fielen ihr endlich die Augen zu.

Als sie erwachte, stand der Menschenmann vor ihr und sah trotzig zu ihr auf. Sie betrachtete ihn voll Zufriedenheit, er sah wirklich sehr prächtig aus mit dem gleißenden Sonnenlicht auf Schultern und Armen.

»Ich werde von hier weggehen!« rief der Mann heftig.

»Ja?« fragte die große Mutter erstaunt, »weshalb denn, mein Kind?« Der Mann machte eine unbestimmte Bewegung. »Hier ist es nicht auszuhalten«, sagte er, »ich werde mir einen Platz suchen, wo ich endlich in Ruhe nachdenken kann.« Sein Gesicht nahm einen versonnenen Ausdruck an, und die große Mutter betrachtete ihn belustigt. Er ist ja noch so jung ..., dachte sie, laut aber erwiderte sie: »Geh nur, es ist schon gut. Du wirst bald wiederkommen.«

»Nein«, sagte der Mann eigensinnig, »ich komme nicht zurück«, und er kehrte um und ging auf den Busch zu.

Seine hohe Gestalt sah so einsam und feindselig aus, daß die große Mutter zu lächeln vergaß, aber sie rief ihn nicht zurück.

Eine Weile später kam die Frau gelaufen. »Wo ist mein Mann?« rief sie, »hast du ihn nicht gesehen?«

»Er ist in den Busch gegangen, um nachzudenken«, sagte die große Mutter. »Weißt du vielleicht, was das zu bedeuten hat?«

»Natürlich«, rief die Frau ärgerlich. »Es ist nichts als ein Vorwand, um sich von der Arbeit zu drücken. Du hättest ihn zurückhalten sollen, jetzt muß ich ihm nachlaufen.«

Am nächsten Abend kam die Frau zurück und berichtete, daß der Mann nicht mehr kommen wolle, bis er nicht etwas ganz Besonderes vollbracht habe. Sie schien verwirrt und unglücklich, und es fiel ihr schwer, sich am Morgen von der großen Mutter zu trennen.

Es dauerte nun wirklich lange Zeit, bis der Mann eines

Tages aus dem Busch auftauchte. Er war nicht mehr nackt, sondern mit einem roten Gewand bekleidet, und um die Stirne trug er einen Blätterkranz.

»Ich habe den Tyrannen getötet!« rief er laut, »ich, ganz allein!«

»So«, sagte die große Mutter wohlwollend, »ich hoffe, er war fett und knusprig?«

Der Mann sah sie empört an. »Du denkst doch nicht, ich hätte ihn gefressen? O nein, das haben wir schon lange hinter uns.«

»Also hatte er eine schöne Frau oder mehr zu essen als du?« vermutete die große Mutter.

»Du verstehst mich nicht«, seufzte der Mann, »ich habe ihn nicht aus eigennützigen Gründen, sondern um meiner Ideale willen getötet.«

»Was sind Ideale?« fragte die große Mutter überrascht. Da wandte sich der Mann zornig ab und rannte der untergehenden Sonne entgegen.

»Es hat keinen Sinn, sich mit dir zu unterhalten«, schrie er zurück, »du bist und bleibst eine Barbarin!«

Auch die Frau kam nun seltener. Manchmal am späten Abend oder vor dem Morgengrauen erschien sie und kauerte sich zu Füßen der großen Mutter nieder.

Sie sagte: »Mein Kind hat einen geschwollenen Leib«, oder »ich habe mir das Knie aufgeschlagen«, und sie wimmerte ein bißchen und murmelte, bis sie eingeschlafen war.

Immer war sie abgehetzt und in großer Eile, aber wenn sie ein paar Stunden zu Füßen der großen Mutter verbracht hatte, erhob sie sich ausgeruht und schritt mit weichen, kraftvollen Schritten in die Morgendämmerung hinaus.

In einer derartigen Nacht erkundigte sich die große Mutter nach dem Mann.

»Ach«, sagte die Frau, »der sitzt mit seinen Freunden beim Wein und berät mit ihnen, ob ich eine Seele habe.«

»Ob du eine was hast?« fragte die große Mutter.

»Ob ich eine Seele habe«, wiederholte die Frau. »Ich weiß nicht, was das ist. Er behauptet jedenfalls, sie zu haben und sich dadurch von allen anderen Tieren zu unterscheiden.«

Die große Mutter schüttelte den Kopf. »Niemals«, sagte sie, »habe ich etwas Ähnliches gehört. Möchtest du denn gerne eine Seele haben?«

»Ich weiß nicht«, überlegte die Frau, »vielleicht würde er mich dann weniger oft schlagen, denn schlagen darf man nur die Tiere«, sagt er.

»Du mußt etwas Geduld haben«, verwies sie die große Mutter, »er ist ja noch so jung; aber er schenkt dir doch kräftige Kinder?«

»Ja, das tut er«, bestätigte die Frau zufrieden. »Aber jetzt muß ich schlafen. Als er gestern früh nach Hause kam, war er so betrunken, daß er Kleider und Bett beschmutzt hat. Ich hoffe, sie werden sich heute nacht über meine Seele einig werden, ich möchte nicht jeden Tag waschen.«

Sie legte ihre Wange an die Knie der großen Mutter und schlief ein.

An einem warmen Sommermorgen, als die große Mutter erwachte, sah sie den Mann auf dem Rasen zu ihren Füßen stehen. Er verbeugte sich bis zur Erde, und die große Mutter lachte laut über die seltsamen Verrenkungen seiner Arme und Beine. »Ich freue mich, dich zu sehen, mein Sohn«, rief sie heiter. »Was hast du mir zu erzählen?«

»Ich habe etwas entdeckt«, sagte der Mann mit glänzenden Augen, »etwas, was noch nie vorher da war«, und dann begann er zu deklamieren.

Die große Mutter ließ den Schwall seiner Worte geduldig über sich ergehen und freute sich über seine tönende, warme Stimme. Als er verstummt war, sagte sie: »Was war denn das?«

»Ein Gedicht, große Mutter, ein sentimentales Gedicht. Ich habe es für dich geschrieben. Wie gefällt es dir?«

»Du hast es sehr schön gesagt«, lobte die große Mutter und streichelte seine Wangen, »wirklich sehr schön ...«

Er sieht doch prächtig aus, dachte sie, und er ist ja noch so jung ...

»Was ist das, ›sentimental‹?« fragte sie am Abend die Frau.

»Das ist etwas ganz Neues«, war die Antwort. »Wenn er mich jetzt umarmen will, erklärt er mir zuvor, daß er im Begriff ist, etwas Heiliges, Geheimnisvolles und Einmaliges zu vollziehen. Erst wenn er mir das gesagt hat, fällt er wie früher über mich her. Übrigens nennt er das Liebe und schreibt viele Gedichte darüber.«

»Ich finde«, sagte die große Mutter nachdenklich, »er sollte dir statt Liebe etwas mehr zu essen geben. Du bist mager geworden.«

Die Frau hörte es nicht mehr. Sie war eingeschlafen, und das Mondlicht lag auf ihrem Haar.

Immer seltener kam sie nun zurück, und Gerüchte über ein großes Morden drangen bis zur großen Mutter.

Endlich, in einer kalten Nacht, tauchte die Frau wieder auf. Sie war verstört und schluchzte verzweifelt an den Knien der großen Mutter. »Ich weiß nicht mehr, was ich tun soll«, sagte sie. »Er hat schon wieder etwas Neues erfunden. Er hat beschlossen, alle seine Brüder abzuschlachten, bei denen die große Zehe länger ist als die zweite. Diese Leute seien an allem Übel in der Welt schuld, behauptet er.«

Die große Mutter schüttelte unwillig ihr langes Haar.

»Wohin soll das führen?« rief sie zornig, »er ist ein Narr!«

Die Frau sah in die Dunkelheit. »Er wird töten«, sagte sie langsam, »solange es noch etwas zu töten gibt. Du hättest ihm damals verbieten müssen, nachzudenken. Jetzt siehst du, was daraus geworden ist.«

Die große Mutter sank in bekümmertes Schweigen.

»Ich werde ihn auslöschen«, sagte sie endlich, »willst du das, meine Tochter?«

»Nein!« schrie die Frau, »tu das nicht, ich will noch einmal versuchen, ihn zu dir zurückzubringen«, und sie sprang auf und stürzte davon.

Aber als sie nach langer Zeit wieder kam, war sie allein.

»Ich bin gekommen, um bei dir zu sterben«, sagte sie. Die große Mutter hob sie auf ihren Schoß und umfaßte sie mit den Armen. »Er hat alle meine Kinder erschlagen«, flüsterte die Frau. »Töte ihn, große Mutter – er ist ein Ungeheuer!«

Die große Mutter sah die blutigen Hände der Frau und begann vor Zorn zu beben.

Sie legte ihr schwarzes Haar auf das Gesicht der Sterbenden und fragte:

»Was siehst du?«

»Ich sehe eine dunkle Wolke«, stammelte die Frau, »und dahinter ein Meer von kleinen Händen, Füßen, Leibern und runden Köpfchen, o meine Kinder!« Sie versuchte sich zu erheben, aber da warf die große Mutter eine neue Last dunklen Haares auf ihr Gesicht, und die Frau fiel zurück und sagte nichts mehr.

Die große Mutter saß eingehüllt in ihr Haar und trauerte, bis die Sonne auf ihre Stirne fiel.

In diesem Augenblick trat eine weiße Gestalt aus dem Busch. Es war der Mann. Die große Mutter erkannte ihn nur an seinem aufrechten Gang, so häßlich und verändert erschien er ihr.

Der Mann erschrak, als er sie erblickte.

»Was willst du hier?« stammelte er, »dich gibt es doch gar nicht mehr. Ich bin überreizt vom Denken«, versuchte er sich zu beruhigen und wollte vorüber.

»Bleib stehen«, sagte die große Mutter traurig. »Als ich mit dir schwanger ging, muß mich ein Unheil betroffen haben. Wie stolz war ich einmal auf dich, auf deine glatte Haut, deine blitzenden Zähne und dein unbekümmertes Lachen. Und was bist du nun – ein Alptraum – vor dem alle meine Kinder zittern.«

Der Mann begann zu beben, und seine spärlichen Haare sträubten sich rund um den Kopf.

»Wer bist du, riesiges Gespenst«, rief er aus, und plötzlich hüpfte er von einem Bein aufs andere; »dich gibt es nicht«, kreischte er, »dich gibt es nicht, du bist nur ein Hirngespinst!«

Es war ein abstoßender Anblick, und die große Mutter wandte den Kopf zur Seite.

Aus dem hohen Gras erhob sich eine struppige Wölfin.

»Ich habe keine Milch für meine Jungen«, winselte sie, »seit zwei Tagen habe ich nicht gefressen.«

Die große Mutter strich mit der Hand über das rauhe Fell.

»Hier«, sagte sie und wies auf den tanzenden Mann. »Friß ihn, daß sein Leben nicht ganz ohne Sinn war.«

Sie sah zu, wie die hungrige Wölfin den Mann zerriß und sauber bis auf die Knochen abnagte.

»Ich wünsche dir fette Milch für deine Jungen!« sagte sie zu der Gesättigten, dann nahm sie eine Handvoll Grassamen aus dem Gewand und streute ihn über die Erde aus.

Entfremdung

Zunächst fiel es Georg Sailer gar nicht auf, daß Hedwig zwei Wochen lang nichts von sich hören ließ. Vergraben in Berge von Akten – er war ein außerordentlich beschäftigter Anwalt – nahm er ihr Nichterscheinen hin, ohne darüber nachzudenken. Seit acht Monaten pflegte Hedwig ihn einmal wöchentlich zu besuchen, und in dieser Zeit hatte sie niemals auch nur die leiseste Spur von Launenhaftigkeit gezeigt. Irgendein unerwartetes Ereignis mochte eingetreten sein, Besuch, eine leichte Erkrankung der Kinder oder ähnliches.

Georg Sailer liebte Hedwig, sosehr es seine Geschäfte und seine vorsichtige Natur erlaubten, sogar ein wenig heftiger, aber das wußte er selbst nicht. Erst als auch die dritte Woche verstrichen war, fing er an unruhig zu werden. Die letzten Tage der Woche waren aber so mit Arbeit vollgepreßt, daß er sich dieser Unruhe erst am Sonntagmorgen bewußt wurde.

Sie ist also wieder nicht gekommen, dachte er und starrte auf sein Spiegelbild. Er legte den Rasierpinsel hin und setzte sich auf den Rand der Badewanne. Systematisch begann er ihr letztes Beisammensein noch einmal durchzugehen. Hatte sie irgend etwas Ungewöhnliches gesagt oder getan, und wie hatte er selbst sich benommen? Aber er wußte ganz sicher, es hatte nicht die leiseste Verstimmung gegeben. Im Gegenteil, der Abend war ihm als besonders reizend und erfreulich in Erinnerung geblieben. Seither waren also mehr als drei Wochen vergangen, ohne daß Hedwig sich gemeldet hatte. Irgend etwas war an dieser Sache nicht geheuer. Er konnte nun den Dingen ihren Lauf lassen. Kam Hedwig wieder, sollte es ihm recht sein, kam sie nicht, blieb ihm vielleicht ein weit unangenehmeres Ende dieser Episode erspart. Wie alle Männer haßte er nichts mehr, als einer Frau schonend beizubringen, daß seine Gefühle für sie erloschen waren.

Während er so auf dem Rand der Wanne saß, wurde ihm aber klar, daß er keineswegs schon genug hatte von Hedwig, und der Gedanke, er werde ihr Gesicht vielleicht nie wieder sehen und ihr Lachen nie mehr hören, versetzte ihn, zu seinem eigenen Staunen, in leise Panik.

Besonders ihr Lachen hätte er vermißt. Dieses Lachen, das nicht einer animalischen Lebensfreude entsprang, sondern immer klang, als sei sie soeben atemlos einer Gefahr entronnen und könne es noch gar nicht fassen, glücklich gerettet zu sein. Manchmal hatte ihn dieses Lachen ernstlich gerührt. Offenbar war es Hedwig lange Zeit nicht gut gegangen, er wußte natürlich nichts Näheres darüber, denn sie hatten, schon aus Zeitmangel, nie darüber gesprochen.

Wahrscheinlich hatte er sich überhaupt viel zuwenig um sie gekümmert. Er nahm sich vor, das nachzuholen, obgleich er nicht recht wußte, wann und wie, denn es war ja vorauszusehen, daß er doch wieder nicht Zeit und Gelegenheit dazu finden werde.

Er konnte Hedwig erst am nächsten Tag anrufen, da am Sonntag ihr Mann zu Hause war, und so beendete er verstimmt seine Toilette und ging ins nächste Kaffeehaus.

Über den Morgenzeitungen vergaß er Hedwig vollkommen.

Am nächsten Tag kam er erst gegen elf Uhr dazu, Hedwig anzurufen. Sie suchte ein paar Minuten nach lahmen Entschuldigungen für ihr Ausbleiben und Georg wollte schon verärgert den Hörer auflegen, als sie, wie nach plötzlichem Entschluß, ihren Besuch noch für denselben Abend ansagte.

Der Tag brachte übrigens eine Menge Ärger mit sich, und als Georg um sieben Uhr abends in seinen Wagen stieg, fühlte er sich so leer und ausgehöhlt wie nach einer unmenschlichen Anstrengung. Den ganzen Tag lang hatte er verhandelt, telephoniert, Briefe diktiert, Akten gelesen, und es war sowenig oder, besser gesagt, gar nichts dabei herausgekommen, so daß er den Tag ebensogut hätte im Bett und schlafend verbringen können.

Wie immer besserte sich aber auch heute seine Laune während des Fahrens. Die Tatsache, daß er mit seinen großen, geschickten Händen den Wagen so sicher durch den auf und nieder brandenden Verkehr lenkte, verschaffte ihm die Illusion, etwas Vernünftiges und Nützliches zu tun, eine Arbeit, die Sinn hatte, und sei es auch nur den, ihn eine Strecke Weges weiterzubefördern.

Hedwig erschien ein wenig verspätet, auch sie erschöpft von einem langen Tag. Ihr Gesicht zwischen seinen Händen haltend, fand Georg, sie sehe verändert aus. Es war Hedwigs vertrautes Gesicht, aber doch wiederum ein ganz fremdes. Es mochte aber auch an ihm selbst liegen. Plötzlich hatte er das Gefühl, es sei ein unerhörtes Wagnis, sich auch nur dreieinhalb Wochen von einem Menschen zu entfernen, den man zu lieben glaubte.

Als er sie küßte, schien es ihm, sie starre ihn erschrokken an.

»Georg«, sagte sie, »ich könnte es natürlich dabei bewenden lassen, daß ich einfach zu kommen verhindert war. Du würdest mir sogar glauben oder zumindest nach den alten Spielregeln so tun, als glaubtest du, aber ich sehe nicht ein, warum ich dich heute zum erstenmal belügen sollte. Du wirst zwar letzten Endes wahrscheinlich wünschen, ich hätte dir diese Geschichte nie erzählt, außerdem wirst du dich langweilen – alle Geschichten, in denen wir nicht selbst vorkommen, langweilen uns ja. Noch dazu aber ist es gar keine wirkliche Geschichte, sondern nur ein Traum. Aber da dieser Traum mich dazu bewogen hat, nicht mehr zu dir zu kommen, sollst du ihn auch hören.

Wie du weißt, hab' ich die schlechte Gewohnheit, wenn ich übermüdet bin, Schlafpulver zu nehmen; an jenem Abend, ich erinnere mich deutlich, hab' ich aber keines gebraucht.

Ich muß ganz übergangslos eingeschlafen sein. Jedenfalls befand ich mich plötzlich in einem winzigen Zimmer im dritten Stock eines großen häßlichen Zinshauses. Eigentlich war das Zimmer nur eine Kammer, in der es nichts gab als ein zerlumptes Bett. Dieses Bett stand vor einem breiten Fenster und ich konnte, darauf kniend, einen mittelgroßen Platz überblicken, begrenzt von mächtigen Häusern im Stil der achtziger Jahre. Das protzigste dieser Gebäude, am anderen Ende des Platzes, trug in goldenen Buchstaben die Inschrift ›Palast-Hotel‹.

Ich sah also auf diesen fremden und doch vertrauten Platz hinaus, sah die Passanten, die Autos, eine Straßenbahn und kleine Schwärme von Tauben, die von einem Fenstersims zum anderen flatterten.

Es mußte Sommer sein, nach den kümmerlichen Bäumen zu schließen; der Himmel war von einem stählernen Blau, aber ich konnte die Sonne nicht sehen. Das Licht, ein kaltes weißes Licht, schien viel eher von den Mauern der Häuser auszugehen.

Dieser steilgewölbte Himmel ohne Sonne hatte etwas Trauriges und Beklemmendes. Ich erinnerte mich, daß meine Kinder zu irgendwelchen Freunden spielen gegangen waren und mußte mit Gewalt den Gedanken verscheuchen, es könne ihnen eine Gefahr drohen.

In diesem Moment entdeckte ich meine Zimmergenossin, ein halbwüchsiges Mädchen, das man, wie mir plötzlich einfiel, meiner Obhut anvertraut hatte. Ein wenig unordentlich, mit lichtem, verwirrtem Haar über den hellblauen Augen, stand es vor mir und fragte: ›Warum kann man die Sonne nicht sehen?‹

Aus irgendeinem Grund schien es mir gefährlich, das Fehlen der Sonne zuzugeben, und so verwickelte ich das Mädchen in ein belangloses Gespräch. Es gelang mir auch tatsächlich, sie abzulenken. Ich hatte erreicht, daß sie jetzt, auf dem Bett liegend, nur mich sehen konnte, während ich noch immer den Platz überblickte.

Und dann sah ich den großen Hahn. Er mochte schon die ganze Zeit hindurch auf dem Gehsteig gestanden sein, ich hatte nur nicht in diese Richtung geschaut. Übermannsgroß, auf federbehosten schillernden Beinen, mit purpurrotem Kamm und schwarzem Schnabel stand er ganz ruhig und sah unsagbar fremd und prächtig aus.

Das Mädchen hatte sich aufgerichtet und klatschte entzückt in die Hände. ›Wie schön‹, rief sie, ›wie schön.‹ Da ging ein kleiner Junge vorüber, die Schultasche auf dem schmächtigen Rücken, die Augen gesenkt, wie sich eben schüchterne kleine Jungen aus der Schule heimtrollen.

Der große Hahn neigte sich, faßte den dünnen Hals des Kindes mit dem schwarzen Schnabel und stolzierte, den zuckenden, strampelnden Körper hin und her schlenkernd, über den Platz und verschwand im ›Palast-Hotel‹. Nichts blieb zurück als die kleinen Brillen des

Jungen, die auf dem Pflaster zerbrochen waren. ›Was ist das?‹ rief mein Schützling. ›Was tut er mit ihm?‹

›Nichts‹, sagte ich mühsam, ›nichts, sie spielen nur Theater.‹

Erleichtert ließ sie sich aufs Bett zurückfallen. Ihr Gesicht war noch ganz jung und so vertrauensvoll, daß es fast ein wenig töricht erschien.

Der Gedanke an meine Kinder fing wieder an, mich zu quälen. Das Mädchen hatte jetzt die Augen geschlossen und schien einzuschlafen. Ich wagte einen vorsichtigen Blick durchs Fenster und sah, was ich gefürchtet hatte zu sehen: der Platz lag menschenleer, auf den verlassenen Gehsteigen schritten einzeln oder in Gruppen die fürchterlichen Hähne. Das weiße Licht lag auf ihren schwarzglänzenden Schnäbeln, dem schillernden Gefieder und den purpurnen Kämmen. Und alle traten sie durch das Tor des ›Palast-Hotels‹.

Ein Stockwerk unter mir hatte ich schon früher vier Männer entdeckt, die in einer Art Laube um einen dunklen Tisch saßen. Keiner von ihnen warf auch nur einen Blick auf den Platz hinaus; außerordentlich ernst und bekümmert tranken sie aus halbgefüllten Gläsern.

Ich beschloß, sie aufzusuchen und um Rat zu fragen, denn es war doch unmöglich, so schien es mir wenigstens, daß sie so ruhig beim Wein saßen, während die Stadt von Greueln erfüllt war.

Sie begrüßten mich sehr höflich, und ich erinnerte mich nun auch, sie schon früher gekannt zu haben. Einer war Arzt, der andere Priester in Zivilkleidung, der dritte Musiker, den Beruf des vierten hatte ich vergessen.

Auf meine entsetzten Fragen, ob sie denn nicht wüßten – verständigten sie sich untereinander mit raschen Blicken, und der Musiker schlug mir vor, ein starkes Betäubungsmittel einzunehmen. Schon griff der Arzt nach seiner Tasche, als ihm der Priester abwinkte. ›Die Dame‹, sagte er, ›kann ruhig die Wahrheit hören, und die Wahrheit ist, daß sie schon in der Offenbarung des Johannes erscheinen.‹

Schwindel erfaßte mich und ließ meinen Kopf auf die Tischplatte sinken. Undeutlich hörte ich den Disput der Männer. Sie zählten eine Menge Namen von Leuten auf, die die großen Hähne vorausgesehen hatten.

›Wie gut‹, sagte ich, ›daß diese wenigstens tot sind und in Sicherheit.‹ Sie sahen mich gütig an und nickten, nur der vierte, dessen Beruf ich vergessen hatte, murmelte: ›Wir wissen nichts über die Sicherheit der Toten ... es wäre möglich ...‹

Daß man auch noch die Geborgenheit der Toten anzuzweifeln wagte, erfüllte mich mit Entsetzen.

Ich stand auf und schwankte die Stiege hinauf. Ein paar Weiber drängten sich an mich und zeigten mir unter Gewinsel seltsame bräunliche Flecken auf ihren Kleidern, die zusehends wuchsen. Dieses lautlose Anwachsen des Unheils erschreckte mich so sehr, daß ich in mein Zimmer flüchtete und aufatmend die Tür hinter mir zuschlug.

Mein Schützling saß auf dem Bett und blickte mir vertrauensvoll entgegen. Ich versuchte zu lächeln, sie lächelte strahlend zurück.

Der Platz lag nun verödet unter dem steilen blauen Himmel. Eine Prozession weißgekleideter Kinder quoll aus einer Gasse hervor und stob mit wehenden Röckchen und Bändern, von unsichtbaren Treibern gehetzt, über den Platz in das weitgeöffnete Tor des ›Palast-Hotels‹.

Ich zog den Vorhang zu und drückte das Mädchen nieder aufs Bett. Dann versuchte ich die Tür zu versperren. Aber das Schloß war zerbrochen und der kleine Eisenriegel, den es außerdem gab, fiel mir vor die Füße.

Jetzt sah ich deutlich, wie krank das Holz der Tür war, und nicht nur das Holz war krank, auch die Mauern, die Pflastersteine, ja, selbst die Licht- und Telephondrähte waren es.

Die Stadt lag im Sterben, unter dem teilnahmslosen ewigblauen Himmel starb die Welt dahin.

Ich dachte noch einmal an meine Kinder, die längst verloren waren, verloren wie die Kinder im ›Palast-Hotel‹, die vier Männer unter mir und wie ich selbst. Dann setzte ich mich auf das Lumpenbett und zog das Mädchen an mich. Ihre lichten Augen waren gläubig und unwissend, und ich drückte ihre weiße und runde Stirn fast heftig gegen meine Schulter.

Und dann sah ich auch auf unseren Kleidern die gefräßigen braunen Flecken auftauchen und wachsen als einen fremden tödlichen Pilz.

›Aber‹, sagte das Mädchen im Halbschlaf, ›der große Hahn war doch schön.‹

›Ja‹, sagte ich, ›sehr schön.‹

›Und er hat dem Kind nicht weh getan, es war nur ein Spiel?‹ Klang nicht eine heimliche Unruhe und Furcht aus dieser Stimme?

›Nur ein Spiel‹, bestätigte ich und streichelte den zarten flaumbedeckten Nacken.

Sie seufzte tief auf und schlang die Arme um meinen Hals. Ich wurde allmählich sehr müde, aber noch immer mußte ich denken. Hier saß ich, eine Frau in zerbröckelnden Kleidern, die das letzte Kind unserer Welt in den zerfallenden Armen hielt.

Und während sich die fremde Krankheit durch mein Gewand bis in mein Herz fraß, vernahm ich die Atemzüge des Mädchens an meinem Ohr schwächer und schwächer werden.

Als sie stockten, fingen meine Augen zu weinen an, und ich dachte noch immer und wußte, daß keiner meine Tränen sah.

Das«, schloß Hedwig, »ist alles. Ich bin erwacht oder vielmehr, ich bin dort auf dem Bett sitzend eingeschlafen und träumte einen letzten Gnadentraum. Und jeden Augenblick kann ich erwachen und werde wieder die großen Hähne vor dem ›Palast-Hotel‹ sehen, aber es gibt kein Kind mehr, auf das sie Jagd machen könnten.«

Georg war ans Fenster getreten. »Aber«, sagte er schließlich, »ich kann nicht einsehen, was dieser zweifellos abscheuliche Traum mit uns zu tun haben soll. Gerade jetzt solltest du versuchen, das alles bei mir zu vergessen.«

»Begreifst du denn nicht«, sagte sie ruhig, »daß es unmöglich ist. Alle Küsse und Zärtlichkeiten der Welt können mich nicht vergessen lassen, wie die weißgekleideten Kinder über den Platz getrieben wurden.

Ich weiß, es liegt nicht in meiner Macht, auch nur das geringste daran zu ändern, ich bin ja nicht einmal selbst ganz frei von Verrat und Treulosigkeit. Die großen Hähne, mußt du wissen, sind nämlich wirklich schön.

Sicher wäre ich vor ihre mitleidlosen Schnäbel gerannt, wenn man mir nicht dieses fremde Kind anvertraut hätte. Und ich war nicht imstande, es zu beschützen.«

Sie kniete auf dem Diwan neben ihm und legte die Arme um seinen Hals. »Ich sehe«, sagte sie, »ich kann's dir nicht klarmachen, du warst ja nicht dabei.«

Georg blieb allein zurück und überlegte, vor seinem Rotwein sitzend, ob es nicht doch vielleicht ein Glück für ihn sei, daß sie ihn verlassen hatte. In ihrer neuen Verfassung war sie keineswegs das, was sich ein Mann nach des Tages Mühen wünschen konnte.

Aber er wußte auch, daß es nie mehr so werden konnte wie zuvor. Hedwig war fortgegangen und hatte ein Stück seiner Sicherheit und Ruhe mit sich genommen.

Es war gerade so, als habe jemand ein Loch durchs Dach gebohrt, durch das er, Georg, nun das unendliche sternenfunkelnde Firmament sehen konnte. Und ein Hauch dieser tödlich fremden, kalten Welten sickerte in sein komfortables Zimmer und verwandelte es in einen winzigen Käfig, voll mit altem Plunder.

Für die Dauer einer Minute war er nicht mehr der erfolgreiche Anwalt Georg Sailer, sondern ein Nichts.

Die Schneebeeren

»Eine Nacht und einen Tag lang bin ich gefahren«, sagte der junge Mann, »aber jetzt bin ich endlich bei dir.« – »Und wie lange wirst du bleiben?« fragte das Mädchen ein wenig ängstlich. »Bis morgen früh – ich hab' nur drei Tage Urlaub bekommen; aber wir werden den ganzen Abend und die ganze Nacht beisammen sein.« – »Ich kann dich aber nicht mitnehmen«, seufzte die Kleine, »ich wohne nicht allein.« Der junge Mann lachte: »So werden wir eben die ganze Nacht hindurch spazierengehn!« Und er küßte seine kleine Freundin auf die Stirn. Sie gingen spazieren. – Es war ein unfreundlicher Novemberabend. Die Feuchtigkeit des nahen Flusses lag über der Stadt, und die runden Pflastersteine glänzten naß im schwachen Licht der Laternen. Das Liebespaar schritt durch die Gassen, und der junge Mann durfte seinen Arm nicht um die Schultern der Freundin legen, weil er Uniform trug. Aber in jedem verborgenen Torwinkel zog er sie an sich und bedeckte ihr kaltes Gesicht mit raschen warmen Küssen. Sie besuchten auch alle alten Kirchen, warfen kleine Geldstücke in den Opferstock und drückten sich ernsthaft und stumm im Schatten der Säulen aneinander. Sie hatten alles vergessen, was es zu erzählen gab und was ihnen früher so wichtig erschienen war. Schließlich, nachdem sie keine Kirche mehr finden konnten und ihr Kleingeld aufgebraucht war, machte das Mädchen den Vorschlag, auch noch den Friedhof aufzusuchen, der auf einem einsamen Hügel hinter der Stadt lag. Achtundzwanzig Stufen stiegen sie hinauf, und der junge Mann legte nun endlich seinen Arm um die Schultern des Mädchens und begann glücklich und selbstvergessen zu singen: »... und er faßte sie an den Händen und zog sie in die Schilfhütte und ihr Lachen verstummte ... tralala.« – »Was singst du da?« fragte das Mädchen, »ich hab' das Lied noch nie gehört.« – »Ich kann mich auch nicht erinnern, es jemals gehört zu haben«, sagte der junge Mann bestürzt. »Plötzlich kann ich es.« – »Aber wir haben nicht einmal eine Schilfhütte«, seufzte das Mädchen und lehnte sich gegen das Friedhofstor. Der junge Mann drängte sie gegen das Gitter und küßte sie, bis sie ihn atemlos abwehrte. »Das darfst du nicht tun«, stammelte sie, »wer weiß, ob die Toten das mögen?« – »Ich glaube nicht«, sagte der junge Mann weise, »daß die Toten noch irgend etwas mögen.« (Er war zwei Jahre älter als das Mädchen und besaß natürlich schon mehr Erfahrung in allen wichtigen Fragen.) Sie setzten sich auf eine Steinbank, lehnten sich an die Friedhofsmauer und begannen sich über Tod und Leben zu unterhalten. Schließlich sagte das Mädchen, daß sie den Tod nicht fürchte, nur den Vorgang des Alt- und Krankwerdens. Und sie wurde so traurig bei dieser häßlichen Vorstellung, daß ihre Stimme von verschluckten Tränen belegt klang. »Du wirst nie alt und häßlich werden«, flüsterte der junge Mann zärtlich, »ich werde dich heiraten und wir werden nie aufhören, jung und glücklich zu sein!« Er brach einen kleinen Zweig von einem runden Schneebeerenstrauch und sagte: »Schau, das ist ein Brautbukett.« Das Mädchen berührte die weißen Beeren mit den Lippen und schauderte. »Es wird kalt«, sagte sie. »Wir werden gehen müssen.« Es war inzwischen dunkel geworden, und da kein Mensch sich zeigte, hob der junge Mann seine Braut auf die Arme und trug sie die achtundachtzig Stufen bis zum Stadttor hinunter, und sie lauschte, eng an seine Brust gedrückt, wie sein Herz in eiligen, kleinen Wirbeln schlug. Sie liefen noch einmal durch die ganze Stadt und wanderten dann den Fluß entlang, einer eng an die Wärme des anderen gedrängt, unter überhängenden Trauerweiden. Als es zu regnen anhob, kehrten sie um. Der junge Mann öffnete den Mantel, zog seine Braut ganz eng an seine Seite und schlug den Mantel wieder zu, so daß nur ihre helle Stirn aus dem Ausschnitt leuchtete. Er sah nun würdig und wohlbeleibt aus, aber es konnte ihn niemand sehen. – Allmählich begannen sie müde zu werden und taumelten schläfrig und wie im Fieber von einer Straßenseite zur anderen. »Ich glaube«, sagte der junge Mann kleinlaut, »wir werden doch nicht die ganze Nacht spazierengehen!« Das Mädchen sagte gar nichts, nur ihr Niesen klang gedämpft durch den schweren Mantelstoff. Zehn Schritt vor dem alten Stadttor traten sie noch in eine tiefe Lache und landeten endlich triefend und glücklich im Vestibül eines kleinen Hotels, in dem ein fetter, dunkelhaariger Herr saß. An seinen Fingern glitzerten große Steine und er roch nach Mäusen, Parfüm und schmutziger Unterwäsche. Die jungen Leute bekamen einen Schlüssel ausgehändigt und stiegen eine schwach erleuchtente Treppe hinauf. Das kleine Zimmer war kahl, häßlich und roch genau so wie der Herr in der Halle. Mechanisch zogen sie Mäntel, Schuhe und Strümpfe aus, dann standen sie unschlüssig vor dem offenen Bett, bis das Mädchen zweifelnd sagte: »Sollen wir nicht doch lieber wieder spazierengehen?« Der junge Mann kämpfte tapfer gegen seine Verwirrtheit. Er breitete seinen feuchten Militärmantel über das schmutziggraue Laken, hob das Mädchen darauf, legte sich an ihre Seite und zog die Wolldecke über sie. – »Schön!« sagte das Mädchen, als es dunkel war im Zimmer. »Schön, daß man nichts mehr sehen muß.« Und sie legte ihr Gesicht in die große, warme Hand des Freundes. »Erzähl mir etwas«, bat sie schläfrig. »Irgend etwas vielleicht, wie du noch ein kleiner Bub warst.« – Der junge Mann, an den noch niemals eine derartige Aufforderung ergangen war, fühlte sich aufgeregt und glücklich. Er begann zu erzählen, zuerst zaghaft und scheu, später immer kühner und freier. Schließlich berichtete er Dinge, an deren Möglichkeit er selber nicht glauben konnte, die sich aber sehr bedeutend und seltsam anhörten. Es war herrlich, einmal nach Herzenslust reden zu dürfen, ohne auf den Spott und Unglauben der Kameraden zu stoßen. Und er phantasierte, bis er erschöpft und heiser nur noch flüstern konnte: »Aber so glücklich wie jetzt war ich noch nie!« – »Ja«, murmelte die Braut. »So glücklich wie zwei Kaninchen im Heu.« Und während sie ihre Nase dankbar an seinem Handrücken rieb, schliefen sie beide ein. – Im Morgengrauen zogen sie sich an. Die Strümpfe waren noch immer feucht, und der junge Mann sagte traurig: »Du wirst einen Schnupfen bekommen.« Das Mädchen wollte antworten, aber sie war so schlaftrunken, daß sie die Lippen nicht bewegen konnte. – Im Wartesaal des Bahnhofes küßten sie einander lange und bekümmert. »Vergiß nicht«, beschwor sie der junge Mann, »daß du meine

Braut bist, und wirf das Brautbukett nicht weg. Und wenn ich im Sommer wiederkomme, werden wir wirklich die ganze Nacht spazierengehen, weißt du, immer unter den Weiden, den Fluß entlang ... Vergiß es nicht!« »Nein«, lächelte die Braut zurück, »ich vergesse bestimmt nichts. Aber du mußt einsteigen – der Zug fährt ab.« Er beugte sich aus dem Fenster, und sie sah winzige Wassertröpfchen auf seinen Augenbrauen glitzern, da zog sie das kleine Brautbukett aus dem Knopfloch und begann zu winken. »... und er faßte sie an den Händen«, summte es in ihrem Kopf, und ihr Lachen verstummte, »... tralala ...« Dann biß sie krampfhaft in die weißen, glänzenden Beeren und rannte, einen klebrigen Geschmack im Mund, aufschluchzend in den nebligen Morgen.

Der Staatsfeind

Ein gewisser Engelbert Müller ließ sich wenige Wochen vor Kriegsbeginn im Gasthaus zu unüberlegten Äußerungen hinreißen. Er behauptete, die neue Politik sei nichts wert, und ein Krieg könne niemals gute, sondern auf alle Fälle nur ungeheuerliche Folgen haben. Müller hatte sich erst vor einem Jahr verheiratet und einen kleinen Uhrmacherladen aufgemacht. Es war begreiflich, daß er vor einem Krieg, der sein kleines, mühsam erarbeitetes Glück zerstören mußte, zitterte. – Unglücklicherweise hörte seine Worte ein Ausschankmädchen, das, ehrgeizig und entschlossen, im Leben vorwärtszukommen, sie noch am selben Abend der zuständigen Stelle hinterbrachte. – Vier Tage später wurde der Uhrmacher als politischer Häftling in das Gefängnis der Kreisstadt eingeliefert. Dort behielt man ihn sechs Monate lang, ohne ihm den Grund seiner Verhaftung mitzuteilen, und begnügte sich im übrigen damit, ihn von Zeit zu Zeit zu beschimpfen und auf gerade noch erträgliche Weise zu mißhandeln. Nur der Gedanke an seine Frau und seine kleine Tochter und vielleicht auch ein gewisser Mangel an Phantasie hielten den Uhrmacher davon ab, irgendein unsinniges Geständnis abzulegen, um die zermürbende Wartezeit zu beenden. Schließlich setzte sich ganz unerwartet eine einflußreiche Persönlichkeit, der Müller vor Jahren die Rechenschularbeiten hatte abschreiben lassen, für ihn ein und erreichte, daß er entlassen wurde. Er brauchte nur noch einen kleinen Revers zu unterschreiben, auf dem zu lesen stand, daß er, Engelbert Müller, bei dem geringsten Rückfall ohne weiteres Verfahren erschossen werden sollte. Dann durfte er gehen. – Er fuhr in seinen Heimatort zurück und verbrachte die nächsten Tage damit, die ersten Lachversuche seiner kleinen Tochter zu bewundern und soviel wie nur möglich im Geschäft aufzuarbeiten. Er nahm sogar einen einbeinigen Gesellen, der ihm vor einer Einberufung sicher zu sein schien, auf, erledigte Steuerangelegenheiten, Bestellungen, kurz alles, was er überhaupt erledigen konnte. Seiner Frau erzählte er nicht, unter welchen Bedingungen man ihn aus dem Gefängnis entlassen hatte, und bemühte sich, so sorglos und heiter zu scheinen, wie er es vor seinem Unglück wirklich gewesen war. Wenn er nachts nicht schlafen konnte, lag er still an ihrer Seite und wagte nur leise und gleichmäßig zu atmen, um sie nicht zu beunruhigen. – Kurze Zeit darauf bekam er seinen Einberufungsbefehl und ging an die Front ab. Wenn er ganz leise gehofft hatte, auf diese Weise der heimtückischen Drohung zu entgehen, hatte er geirrt. Sein Steckbrief war ihm vorausgegangen. Er erfuhr, daß er niemals befördert werden durfte und als Staatsfeind unter besonders strenger Aufsicht zu stehen habe. Sei es aber, daß seine neuen Vorgesetzten wichtigere Dinge im Kopf hatten als die gefährliche Person des kleinen Uhrmachers, sei es, daß es sie verstimmte, aus dem Hinterland derartige Vorschriften zu erhalten – jedenfalls kümmerten sie sich nicht um Müller. – Da er anstellig und fleißig war, schob man ihm alle nur denkbaren Arbeiten zu, und so wurde er bald zum »Mädchen für alles« seiner Kompanie. Seine Kameraden mochten ihn gut leiden und nannten ihn in gutmütigem Spott nur »unser Staatsfeind«. Müller lächelte dazu. Er hätte auch über einen weniger harmlosen Spott gelächelt, denn so entsprach es seiner sanften und wohlwollenden Gemütsart. Beinahe fühlte er sich jetzt wohler als zu Hause, er glaubte sich, untergetaucht in die namenlose Masse, sicherer vor jenen unbegreiflichen Nachstellungen in der Heimat. Sein einziger Kummer war die Trennung von seiner Familie. Er verbrachte jede freie Stunde damit, in seiner sauberen runden Schrift lange Briefe zu schreiben oder die Bilder seiner Frau und des kleinen Mädchens zu betrachten. Eines Nachmittags, er war gerade in der Küche damit beschäftigt, Teig zu kneten, erschien ein Unteroffizier und befahl ihm, einen Gefangenen zu der eine Stunde entfernten Kommandantur zu bringen. Müller wischte sich den Teig von den Händen, band die Schürze ab und trat aus der Baracke. – Der Gefangene, ein uralter Mann, der sich in der Sperrzone umhergetrieben hatte, stand im Schnee und sah ihm aus trüben himmelblauen Augen entgegen. Irgend jemand hatte sich den Spaß erlaubt, ihn an seinem flachsfarbigen Bart zu zerren, so daß er voll winziger Blutgerinnsel klebte. Während Müller hinter dem Gefangenen dahintrabte, schämte er sich bitter. Der Alte hatte sich wohl verlaufen, wahrscheinlich wußte er nicht, daß das ganze Gebiet für Zivilpersonen gesperrt war, ja, vielleicht wußte er nicht einmal, was eine Zivilperson war. Er hoffte, man würde das einsehen und ihn laufen lassen. – Als sie die Kommandantur erreicht hatten, meldete sich Müller beim diensthabenden Offizier und wartete auf einen Befehl. Die mitleiderregende Figur des Gefangenen hatte er in den Vordergrund geschoben. Der angeredete Offizier hob nicht einmal die Augen von der Karte, die er aufmerksam studierte, und sagte nur: »Erschießen hinten im Wald.« Müller antwortete mechanisch: »Jawohl!«, blieb aber stehen, bis der Offizier ärgerlich fragte: »Stehen Sie immer noch da?« Darauf wandte sich Müller ab und verließ hinter dem Gefangenen das Haus. Während er durch die Straßen des zerschossenen Ortes marschierte, hörte er fortwährend leises Gemurmel: »Das kann man doch nicht ..., das kann man doch nicht ...« Schließlich merkte er, daß er selbst es war, der so murmelte, und verstummte erschrocken. Er wußte, daß es bei jeder Einheit Leute gab, die ihm für eine Handvoll Zigaretten sein Kommando abnehmen würden. Er öffnete eine Tür und sah um einen langen Tisch acht oder zehn junge Leute sitzen. Einer von ihnen spielte auf der Ziehharmonika, und die übrigen sangen oder vielmehr grölten dazu. Plötzlich brach ihr Gesang ab und sie starrten nach der Tür. Der Harmonikaspieler rief fröhlich: »Hallo! Du sollst wohl den Großvater liquidieren?«, und während sich sein hübsches Gesicht vor Eifer rötete: »Ihr kommt doch alle mit – endlich einmal ein bißchen Abwechslung in diesem Nest!« – Die Burschen sprangen lachend auf. Einer von ihnen warf sein Schnapsglas um, und Müller sah, daß sie alle betrunken waren, am meisten aber der Junge mit der Harmonika. Sie drängten die beiden zur Tür hinaus und in das kleine Wäldchen am Ende des Dorfes. Dort stellten sie den Gefangenen an eine Birke und gruppierten sich aufgeregt hinter Müller. »Laß es mich tun!« bettelte der hübsche Junge mit dem Kindergesicht. Müller überlegte einen Augenblick und fand dann, daß es wahrscheinlich angenehmer sei, von einem nüchternen Mann erschossen zu werden als von einem betrunkenen. Er drängte den Jungen zur Seite und brachte das Gewehr in Anschlag. Der Gefangene, der das Unglück gehabt hatte, nicht zu wissen, daß er eine Zivilperson war, begriff sofort. Er zog den schmutzigen Kittel über der Brust auseinander und küßte ein großes Kreuz, das dort hing. Müller zielte links vom Kreuz und drückte ab. Der Alte fiel langsam nach vorne mit dem Gesicht in den Schnee. Nachher begrub ihn Müller, so gut es möglich war, und bedeckte alle Blutspuren mit Schnee. Die jungen Leute hatten sich verlaufen, ein wenig enttäuscht und ernüchtert. – Müller meldete den Vollzug des Befehls und machte sich auf den Weg zurück. In der Küche band er seine Sackleinenschürze um und begann den Teig weiterzukneten, der in der Zwischenzeit ein wenig auseinandergelaufen war. Er fügte noch etwas Mehl hinzu und spürte, wie seine Gedanken aussetzten. Sein Hirn war plötzlich ein schwarzes gähnendes Loch. Erst einige Tage später konnte er wieder denken, ganz kurze Sätze nur und einzelne Wörter. Leider konnte er auch seine gesprächigen langen Briefe nicht mehr schreiben und mußte sich darauf beschränken, auf Feldpostkarten mitzuteilen, daß er noch lebe und es ihm gut gehe. – Er überwand einige leichtere Verletzungen, geriet nicht in Gefangenschaft und kehrte nach dem Kriege in seinen Heimatort zurück. – Seither sitzt er wieder in seinem kleinen Laden, mit der Lupe vor dem Auge, und stochert in dem feinen Räderwerk zerbrochener Uhren. Manchmal wirft er einen Blick durchs Fenster, in den Hof, wo seine Tochter mit bunten Bällen spielt, und versucht zu lächeln – fröhlich und ohne Furcht. Aber es gelingt ihm nie, und eilig wendet er sich wieder den zerbrochenen Rädchen zu.

Das Weihnachtsmahl der Untermieter

Am Nachmittag lud Frau Rossi ihre beiden Zimmernachbarn zum Weihnachtsmahl ein.

Herr Anders, den sie ziemlich gut kannte, sagte sofort zu. Er lag noch im Bett, weil er bis in den späten Morgen hinein getrunken hatte, und starrte sie aus erstaunten roten Augen an. Er begriff gar nicht, was sie sagte, knurrte »ja« und schlief sofort weiter. Erst zwei Stunden später, als er völlig erwachte, fiel ihm die Einladung wieder ein und er beschloß, sie anzunehmen, weil er erstens schlecht bei Kasse war und zweitens nicht wußte, wo er sonst hätte hingehen können.

Fräulein Anreither, die in ihrem winzigen Kabinett saß und an einem Petit-point-Täschchen stickte, sagte zu, weil sie mit Brennstoff knapp war und außerdem, um bei der Rossi, die in ihren Augen eine Verlorene war, nicht den Eindruck von Hochmut zu erwecken.

Also ging Frau Rossi an die Vorbereitungen. Sie durfte als einzige der Untermieter die Küche benützen und bewohnte auch, weil sie die Zahlungskräftigste war, das größte und schönste Zimmer.

Gegen sechs Uhr ging die Besitzerin der Wohnung, eine Hofratswitwe, zu ihrer verheirateten Tochter, und wenige Minuten später kam Herr Anders in die Küche und holte sich in einem kleinen Blechnapf heißes Wasser zum Rasieren. Frau Rossi begoß fleißig den Braten, richtete den Salat an und füllte die schon am Vortag gebackene Torte. Sie war eine große, starkknochige Person von etwa vierzig Jahren und hatte eine schöne, biegsame Figur und dichtes rotbraunes Haar.

Nachdem Herr Anders ins Badezimmer gegangen war, kam auch Maria, die blonde Studentin, in die Küche und holte sich ein großes Glas Wasser zu einer Limonade. Was sie denn am Abend vorhabe, erkundigte sich die Rossi, und Maria sagte, sie habe gar nichts vor und werde zu Hause bleiben, soweit man überhaupt von zu Hause reden könne. Da lud Frau Rossi auch sie zum Festmahl ein, denn sie mochte das Mädchen gern und war in großzügiger Laune.

Um acht Uhr versammelte man sich um den runden Tisch, nur Herr Anders kam ein wenig zu spät, und die Frauen erkannten ihn fast nicht, denn er war glatt rasiert, sein schwarzes Haar gekämmt und seine Hose, seltsamerweise, wie gebügelt.

Fräulein Anreihter fühlte sich verpflichtet, ein wenig Konversation zu machen, aber beim Anblick des saftigen Bratens vergaß sie auch das, und bald hörte man nichts mehr als das zarte Kauen, Glucksen und Schmatzen der Essenden. Erst beim Nachtisch, als jeder schon mehr oder weniger gesättigt war, kam ein Gespräch auf.

Frau Rossi drehte das Radio an, und man vernahm die ersten Weihnachtslieder: »O Tannenbaum«, »Ihr Kinderlein kommet« und »Leise rieselt der Schnee«. Und das machte sie alle ein wenig verlegen, bis auf Maria, die mit ihren neunzehn Jahren ein halbes Heidenkind war und keinerlei Erinnerungen mit diesem Gesang verband. Mit ihrem glatten, metallisch glänzenden Ponyhaar über der runden Stirn, dem rotgeschminkten, kleinen Mund und der wundervollen, rosigen Haut glich sie einer großen Puppe, und Herr Anders ertappte sich bei dem Wunsch, sie in den bloßen weißen Arm zu kneifen, nur um zu spüren, ob sie tatsächlich aus Fleisch gemacht sei.

Die Rossi, die ihn nicht verstand, lächelte träge. Fräulein Anreither sah mißtrauisch von ihrer Torte auf, überzeugt davon, daß selbst den harmlosesten Worten dieses Menschen eine geheime Unanständigkeit anhaften mußte.

Maria beachtete ihn überhaupt nicht. Sie interessierte sich nicht für Leute, die keinen Erfolg im Leben hatten und tagelang betrunken herumlagen. Da seufzte Herr Anders und wandte sich betrübt seinem Nachtisch zu.

Auf den ersten Blick sah Maria fast ein wenig töricht aus, sie war es aber nicht, denn wenn sie auch nicht genau hätte sagen können, was sie wollte, wußte sie doch sehr genau, was sie verabscheute. Besessen von dem Wunsch, aus ihrer armseligen Lage herauszukommen, war sie eine unerbittliche kleine Jungfrau, gewillt, sich eines Tages an den Meistbietenden zu verkaufen, für ein langes, angenehmes Leben ohne Hunger, Kälte und Schmerz. Ihre blauen Augen zeigten manchmal einen harten, ein wenig verrückten Glanz, und Anders, der sie als einziger richtig einschätzte, war davon überzeugt, sie würde selbst ihre Mutter um Geld verkaufen. Zweifellos hätte es Maria getan, aber sie erinnerte sich kaum an ihre Mutter, die sie während eines Bombenangriffes verloren hatte. Sie erinnerte sich überhaupt nur an winzige Bruchstücke ihres Lebens und dachte immerfort an die Zukunft.

Anders fröstelte und sah auf seine Nachbarin zur Rechten. Fräulein Anreither, dieses tapfere kleine Geschöpf, das sich mit Heimarbeiten durchbrachte, hatte, wie die Hofrätin zu sagen pflegte, einmal bessere Zeiten gesehen. Jetzt schob sie voll heimlicher Gier eine kandierte Kirsche in den Mund, sich ganz dem einzigen Genuß hingebend, den es für sie gab. Aber sie tat ihm nicht leid, niemand tat ihm leid, nicht einmal er selbst, obgleich die Versuchung dazu manchmal groß war.

Im Radio schickte sich jetzt jemand an, eine Ansprache zu halten, und Anders drehte es auf allgemeinen Wunsch ab.

Die Rossi räumte das Geschirr in die Küche, stellte eine Schüssel mit Lebkuchen, Äpfeln und Orangen auf den Tisch und brachte eine Flasche Wein zum Vorschein.

»Wenn man alt wird«, behauptete Fräulein Anreither, »vergeht die Zeit wie im Flug. Was sind zehn Jahre, gar nichts. Vor zehn Jahren hab' ich noch meine schöne Wohnung gehabt.« Sie starrte mit glänzenden Augen ins Licht. »Meine Wohnung, vier Neffen und drei Nichten. Heute wären sie in den besten Jahren, müßten Kinder haben und ihren Geschäften nachgehen. Aber sie sind tot, deklassiert oder verkommen wie meine Wohnung, mein Porzellan und meine Teppiche.«

Unbehagliches Schweigen folgte diesen Worten.

»Und Sie?« sagte Fräulein Anreither streng und sah Anders mit ihren großen, wasserblauen Augen an, die von dünnen, gelben Häutchen überzogen schienen.

»Ich«, entgegnete Anders und wandte den Blick nicht von den baumelnden Mädchenbeinen, »ich hab' heute vor zehn Jahren einen Russen durch den Kopf geschossen, Schnaps getrunken und mich gefürchtet in meinem Erdloch.«

»Abscheulich«, stellte Fräulein Anreither fest.

»Wahrscheinlich«, gab Anders zu, »aber umgekehrt wäre es für mich noch viel abscheulicher, dann hätte ich nämlich nicht die Ehre, heute neben ihnen zu sitzen.«

Plötzlich legte die Rossi, die bis jetzt merkwürdig ruhig gewesen war, den Kopf auf die Arme und fing erstickt zu schluchzen an.

Anders seufzte, schenkte sich das Glas voll und schüttete es hinunter. Der Anblick der weinenden Frau machte ihn nervös und gereizt. »Aber, aber«, murmelte er töricht, »wer wird denn weinen, morgen kommt er ja wieder.« Die Rossi hob das tränenüberströmte Gesicht und starrte ihn verständnislos an. Der Schmerz saß als weißglühender Fleck in ihren Augen und ließ ihn zurückweichen. Dann lachte sie: »Glaubst du, ich hab' schon einmal um einen Mann geweint?«

Fräulein Anreither tätschelte ihren Arm und flüsterte: »Er versteht das nicht, meine Liebe; aber ich weiß, warum Sie weinen.« Sie war offenbar ein wenig betrunken.

Die Rossi schüttelte die kleine Hand ab. »Sie verstehen das?« höhnte sie. »Sie sind doch gar kein richtiger Mensch, nur so aus Wachs oder Pappendeckel.« Ihre schönen, großen Hände fegten verächtlich über das Tischtuch hin. Wie sie so über den Tisch hingeworfen lag, war sie häßlich und faszinierend zugleich mit dem zerzausten Haar, den verklebten Wimpern und den roten Flecken im weißen Gesicht.

»Ich hab' ein Kind gehabt, aber sie haben es mir genommen. Es war so finster auf dem Bahnsteig und ich hab' doch Wasser holen müssen. Es hat geweint vor Durst und dann«, sie drückte die Faust gegen den Mund und war fast nicht zu hören, »dann war der Zug plötzlich weg! Verstehen Sie das, einfach weg.«

»Nein«, sagte Fräulein Anreither.

»Ich hab's auch nicht verstanden«, flüsterte die Rossi. »Weißt du«, sagte sie dann, »wie es ist, wenn man einen erschlagen oder erwürgen will, weißt du es?«

»Ich hab' es einmal gewußt«, sagte Anders, »aber ich hab's vergessen. Du mußt es auch vergessen.«

»Nein«, sagte die Rossi, »nein, und wenn ich wüßte, wer dran schuld ist, ich würde ihn, ich würde ihn … Aber sie sind alle so klug und glatt und unschuldig und sie reden, bis man schwindlig wird von ihren Lügen.« Sie legte die Hand um den Hals der Weinflasche. »Man müßte sie alle ...«

Anders sah die kräftige Frauenhand, die sich um den dunklen Flaschenhals schloß, bis auch die Nägel weiß wurden.

Peinigende Leere quälte ihn, wie immer, wenn er auf ein Gefühl stieß, das sich so schamlos und wild äußerte. Ohne zu wissen, was er tat, fuhr er fort, die Frau zu streicheln.

»Sie sollten so etwas nicht sagen«, sagte jetzt Fräulein Anreither, »obgleich Sie recht haben; man müßte sie nämlich wirklich erwürgen.« Sie sprach das Wort aus, als komme es zum erstenmal im Leben über ihre Lippen. »Aber Sie dürfen diesem Gefühl nicht nachgeben, es führt zu nichts.« Sie stand auf; eine kleine Gestalt im grauen Seidenkleid, und drehte das Radio an. »Holder Knabe im lockigen Haar«, sang ein Kinderchor, »schlaf in himmlischer Ruh.« Anders wünschte, in die Erde zu versinken, aber nichts geschah. Die Rossi ging ins Badezimmer, und man hörte das Wasser laufen.

»Stille Nacht, heilige Nacht«, erklang es von neuem, und immer wieder würde es erklingen, dieses Lob, das von der Erinnerung der Menschen an ihre verlorene Unschuld lebt; von Erinnerungen an weißbehangene Tannenbäume, zartes Schellengeklingel, Schnee, Weihrauchwolken, schwarzspiegelnde Eisflächen und die geliebten Gesichter, die es nicht mehr gibt.

Anders lauschte diesem Lied vom Heimweh der Menschheit und spürte den Atem Marias, die eingeschlafen war, auf der Hand, auf der Hand, die befleckt war vom Schmutz seines vierzigjährigen Lebens, mit Blut, Geld und Lastern. Aber er wußte, daß er sein Leben nie ändern würde. Sanft begann er die Schulter des Mädchens zu streicheln.

Die Rossi kam wieder ins Zimmer und forderte ihre Gäste, ein wenig blaß, aber ruhig, zu einem Kartenspiel auf. Und während aus dem Radio alte Choräle erklangen, gewann Fräulein Anreither siebenmal hintereinander. Währenddessen träumte Maria, daß sie frierend und voll Angst in einer Ruine kauerte. Die Luft schmeckte bitter und staubig und brannte in ihren Augen. Dann kam ein großer Mann mit einer Soldatenmütze und hob sie in die Wärme unter seinen weiten Mantel. Von seinen Schritten auf und nieder gewiegt, wußte sie sich an dem Ort, den sie immer gesucht hatte und an dem sie bleiben wollte. Sie lächelte im Schlaf und entblößte ihre kleinen, weißen Zähne. Bei diesem Anblick verlor Anders die achte Partie.

Fräulein Anreither erhob sich und erklärte, zur Mette gehen zu wollen. Sie dankte Frau Rossi herzlich und kaum herablassend und ging aus dem Zimmer, eine kleine und beugsame Dame, der nichts geblieben war als die Grundsätze einer untergegangenen Klasse.

Anders fragte die Rossi, was mit Maria geschehen solle, und sie sah ihn aus schmalen Augen an und sagte: »Die bleibt heute bei mir.« Dann wartete sie mit zusammengezogenen Braunen, bis er gegangen war. Sie öffnete die Fenster und breitete eine Steppdecke über Maria. Während der blaue Zigarettenrauch in die kalte Nacht aufstieg, saß sie neben dem Mädchen, streichelte das schimmernde Haar, und es war ihr, als streichle sie auch ihr Kind und alle verlorenen und vergessenen Kinder, ja selbst die kleinen Toten in der gefrorenen Erde.

Dann fingen alle Glocken zu läuten an, und Frau Rossi stand auf, um die Fenster zu schließen.

Frühling 1945

Am Vormittag entdeckte Susi den Laubfrosch. Er saß auf dem großen Blatt eines Leberblümchens und schaukelte, wie es schien, vergnügt auf und nieder. Susi streckte ihm ihren Zeigefinger entgegen, und er umklammerte ihn zart mit seinen grünen Fingerchen.

Er war so leicht. Sie glaubte, niemals etwas Leichteres in ihrer Hand gehalten zu haben. Die jungen Hühner waren schwer und plump dagegen. Gerade als der Frosch auf ihrem Finger herumturnte, ertönte die Sirene. Susi setzte ihn betrübt ins Gras und lief über die kleine Wiese zum Haus. Ihre Mutter hatte zwei große Koffer in den Keller geschleppt und atmete erleichtert auf, als sie das kleine Mädchen sah.

Im Keller saßen acht Leute versammelt. Der Luftschutzwart erzählte die Witze, die er bei jedem Alarm zu erzählen pflegte, und auch heute lachte niemand darüber. Die Mutter zog Susi auf ihren Schoß und preßte sie bei jedem Bombeneinschlag fest an sich, was sehr beklemmend war. Susi zog die Nase kraus. Es war ein schlechter Geruch im Keller, und die Mutter bekam schon wieder blaue Lippen. Wie immer, wenn sie die Hilflosigkeit ihrer großen, dunkelhaarigen Mutter sah, überfiel sie ein heißer Zorn darüber, daß sie noch nicht älter war. Acht Jahre war viel zu wenig. Sie wünschte sich heftig, groß und stark zu sein, ihre Mutter in eine Wolldecke zu wickeln und einfach fortzutragen. Allerdings wußte sie nicht, wohin.

Als der Alarm vorbei war, half Susi der Mutter, die Koffer die Stiege hinaufzuschleppen, dann lief sie wieder auf die Wiese zurück. Dort hatte sich gar nichts verändert. Der Laubfrosch war drei Leberblümchen weitergeturnt und wiegte sich auf einem anderen Blatt in der Sonne. Susi fand seine Ruhe erstaunlich und ein wenig ungehörig. Sie baute ihm ein kleines Nest aus Buchenblättern und vernügte sich mit diesem Spiel, bis sie zum Essen gerufen wurde.

Am Nachmittag unternahm sie einen Spaziergang und betrachtete nachdenklich die drei Pferde des Nachbarn, die reglos und wie schlafend auf der Wiese standen. Das Gras war kurz und lichtgrün, und die Sonne brannte auf die rotbraunen Felle der Tiere. Auch auf Susis Kopf brannte sie und machte sie faul und schläfrig. Auf der Straße, die bergab führte, rann das Schmelzwasser in einem kleinen reißenden Bach, und Susi überlegte, ob sie es mit einem Stock in die Wiese ableiten sollte, aber schließlich gab sie den Gedanken auf und trabte mit gesenktem Kopf, betäubt von der Frühlingsluft, dem Haus zu.

Sie sah ihre Mutter auf dem Balkon stehen und Stiefmütterchen in einen Blumenkasten pflanzen. Der Vater stand dahinter und bemerkte: »Diese Arbeit könntest du dir sparen, Marie.«

Die Mutter wandte hilflos den dunklen Kopf zur Seite: »Ja«, sagte sie, »du hast recht. Aber irgend etwas muß ich doch pflanzen, es ist sonst so traurig auf dem Balkon.«

Der Vater brummte ein bißchen: »Du könntest dich endlich daran gewöhnen, daß das Leben im Krieg nicht lustig sein kann.«

»Ja«, sagte die Mutter gehorsam, »ich werde mich schon noch daran gewöhnen.« Der Vater gähnte, streifte die Rockärmel herunter und schlüpfte in seinen Rock. Dann verschwand er durch die Tür.

Susi wartete noch ein bißchen, bis er das Haus verlassen hatte, dann lief sie über die Stiege, stieg aus den kotigen Schuhen und zog ihre geflickten Pantoffeln an. Sie hatte gehofft, die Mutter zu einer Geschichte bewegen zu können, aber dann kam plötzlich der unerwartete Besuch: eine schwarzgekleidete Frau, die der Mutter schon unter der Tür um den Hals fiel und sie geräuschvoll küßte.

Die Fremde ging in das Zimmer und trug eine Menge feuchter Erde an ihren Schuhen über den lichten Läufer. Aber die Mutter schien es gar nicht zu merken. Sie lief in die Küche, brachte schwarzen Kaffee und die Haferflokkenkeks, die sie vormittags gebacken hatte.

Die dicke Frau begann weinend und mit vollem Mund zu erzählen, daß sie vom Friedhof käme, wo man die Überreste ihres Mannes beigesetzt habe.

Sie sagte wirklich »beigesetzt«, und Susi verstand nicht sofort, was das bedeutete, weil sie das Wort noch nie gehört hatte.

»Mein armer Theodor«, schluchzte die Besucherin, »er war in tausend Stücke gerissen.« Und sie steckte zwei Keks zugleich in den Mund und mußte so schrecklich husten, daß sie ganz blau im Gesicht wurde. Die Mutter begann erschreckt mit den Lidern zu zucken: »Ich bitte dich, Thekla«, sagte sie mit schwacher Stimme, »ich bitte dich, gib doch acht.«

Die Frau hörte zu husten auf, wischte sich Haferflokkenbrösel, Speichel und Tränen vom Gesicht und sagte: »Warum soll ich denn achtgeben?« und dann, indem sie ihr aufgedunsenes, verstörtes Gesicht der Mutter näherte: »Ich versteh' gar nichts mehr, Marie, gar nichts mehr ...«

Susi betrachtete sie voll Abscheu und Zorn. Wozu war sie gekommen? Nur um die paar Keks wegzuessen und die Mutter zu erschrecken, daß sie sich abends beim Sokkenstopfen fortwährend in die Finger stechen würde? Endlich, als es schon dunkel wurde, ging die dicke Frau fort. Sie schien nun ein wenig munterer und schaukelte wie ein Lastschiff die Straße hinunter.

Wie immer, wenn der Vater Nachtdienst hatte, nahm die Mutter Susi in die Ehebetten mit. Das Mädchen zog den dicken Zopf der Mutter an sich, drückte die Wange hinein und schlief sofort ein.

Sie erwachte vom Geheul der Sirene. Verschlafen schlüpfte sie in ihren Trainingsanzug und den Mantel. Sie sah, daß die Mutter zitterte und den Koffer nicht heben konnte. Entschlossen faßte sie sie an der Hand und zog sie ins Freie.

Die Nacht war erhellt von den Leuchtkugeln, die über der Stadt hingen, und bei diesem Anblick begann die Mutter noch heftiger zu zittern. Susi faßte sie mit dem dünnen Arm um die Hüfte und führte sie über die kleine Wiese unter die Buche. Sie hörte den feuchten Rasen unter ihren Schuhen glucksen und sah eine Kette neuer Leuchtkugeln aufblitzen. Als sie unter der Buche angelangt waren und sie die Mutter auf das raschelnde Laub niedergezogen hatte, fielen die ersten Bomben in der Stadt. Sie lauschte angestrengt und vernahm plötzlich ein seltsam scharrendes Geräusch. Sie wußte sogleich, daß das die Zähne ihrer Mutter waren, die aufeinanderschlugen, und jede Spur von Angst fiel von ihr ab.

»Du brauchst dich nicht zu fürchten, Mama«, flüsterte sie, »wir sind ja nicht im Keller.«

Die Mutter hob den Kopf und atmete tief und lang.

»Sehr viel Luft ist hier, gelt, Mama?«

Die Mutter lachte leise und Susi fühlte sich plötzlich unbändig fröhlich. Sie versuchte, vom Laubfrosch zu erzählen, aber im Lärm der einschlagenden Bomben konnte sie ihr eigenes Wort nicht verstehen.

Jedenfalls hatte die Mutter aufgehört zu zittern und lag nun lässig ins Laub gestreckt. Susi legte sich nicht hin, sondern saß steil aufrecht und starrte aufmerksam und gespannt auf die Stadt.

Als der Lärm verstummt war und man auch das Brummen der Motoren nicht mehr hören konnte, sah sie, daß es in der Stadt brannte und die Flammen hoch emporschlugen.

»Mach die Augen zu, Mama!« sagte sie streng, und die Mutter drehte sich zur Seite und legte die Wange auf Susis Mantel. Als die Entwarnung ertönte, sah Susi, daß die Mutter eingeschlafen war, und das erschien ihr wie ein Wunder. Ja, die Mutter schlief, ihr Atem strömte ruhig und warm über Susis Hand und irgendwo, unter dem Laub versteckt, vielleicht in dem Nest, das Susi gebaut hatte, mochte auch der Laubfrosch schlafen, sicher und ungestört.

Susi weckte die Mutter vorsichtig und ging mit ihr zum Haus zurück. Als sie schon im Bett lagen, das eine Spur ihrer Wärme aufbewahrt hatte, sagte die Mutter plötzlich: »Ich möchte doch heuer gefüllte Nelken auf den Balkon setzen, und vielleicht ein paar Vergißmeinnicht.«

»Ja«, murmelte Susi schläfrig. Sie zog den halbgelösten Zopf der Mutter zu sich und legte die Wange darauf. »Das riecht genau wie feuchte Buchenblätter«, dachte sie noch, da war sie auch schon eingeschlafen.

Die Höhle

Bis zu ihrem achten Jahr hatte Ruth auf dem Lande gelebt. Sie erinnerte sich kaum an das feuchte, gelbe Haus, an den düsteren Garten und an die vielen bunten Schnecken, die eine nasse, moosige Mauer bedeckten.

Aber noch immer hätte sie, selbst mit geschlossenen Augen, den Weg gefunden, der von der sonnenweißen Straße zur Höhle führte. Unter einer kleinen Brücke aus Holzprügeln, die über einem ausgetrockneten Bach lag, war die Höhle in die Wiesenböschung gegraben. Ihr Dach bildete die Unterseite der Brücke, von der die langen Schlingen der Waldrebe niederhingen, die auch den großen Haselbusch ganz überwuchert hatten. Ruth mußte die Haselzweige zur Seite biegen, um hindurchschlüpfen zu können. In der Höhle war es warm und trocken. Das alte Laub raschelte leise unter ihren Füßen und ein zarter, bitterer Geruch erfüllte die Dämmerung.

Ruth zog ihre Sandalen und Söckchen aus und grub die nackten Füße ins Laub. Sie streckte die Hand nach den Knospen der Waldrebe aus und strich vorsichtig darüber hin. Die weißgrünen Blüten erinnerten sie an die kleinen Myrtensträußchen, die sie auf einer Hochzeit gesehen hatte. Damals war sie noch kleiner gewesen als jetzt, und ihr Vater hatte sie in der Kirche auf seine Knie gesetzt, damit sie die schöne Braut auch deutlich sehen könne. Im selben Augenblick hatte die Braut vom Betschemel aufgeblickt, gerade in Ruths Augen. Und Ruth hatte gesehen, daß die Braut weinte. Nasse, glitzernde Spuren zogen sich von ihren schwarzen Augen zu den Myrten auf ihrer Brust.

Wenn Ruth nun in ihrer Höhle lag und die Wärme der Erde unter dem Laub spürte, sah sie hinter den weißen Blütenbüscheln, die reglos vor dem Himmel starrten, das Gesicht der schönen Braut. Es gleißte in der silbernen Tränenflut, und Ruth wünschte brennend, es an sich zu ziehen, nieder in die dunkle Höhle; fort aus der weißen Sonnenglut.

Sie träumte davon, die Braut mit Laub zu bedecken, ihr

Rüschenkleid, die Hände und den Hals, bis nur noch das feuchte Gesicht aus den roten Blättern leuchtete und die dunklen Augen sich schlossen. Dann glaubte sie einen zweiten Atem zu hören. Sie saß steil aufrecht, die Hand aufs Herz gepreßt, und lauschte, den eigenen Atem anhaltend, auf das sanfte Aufundabschwellen an ihrem Ohr. Von dieser Anstrengung wurde sie sehr müde und fiel ins Laub zurück.

Wenn sie erwachte, war es schon dunkel, der fremde Atem war verstummt und die Höhle überschwemmt von der Bitternis der Waldrebe. Ruth spürte einen süßen Geschmack im Mund. Etwas in ihrer Brust bewegte sich und wollte aus ihr heraus, es zappelte wie ein Fisch und zwang sie, atemlos und glücklich zu lachen.

Sie dachte an den nächsten Tag, an das Wegschleichen vom Haus, den eiligen Lauf über die Straße, an das Zurückbiegen der Haselzweige und an die warme, saugende Dämmerung, die sie niederzog ins Laub.

Vierzig Jahre hindurch besuchte sie von Zeit zu Zeit in ihren Träumen die Höhle. Sie sah die weißen Büschel der Waldrebe, roch ihren bitteren Duft und rollte sich zufrieden zur Seite. Und kaum hörbar atmete neben ihr die schlafende Braut.

Ruth war längst verheiratet, Mutter und sogar Großmutter, und ihr Leben unterschied sich in keiner Weise von dem anderer Frauen. Aber sie fühlte sich immer ein wenig außerhalb stehend, so, als könne man ihr, in Wahrheit, nicht viel anhaben. Man konnte ihr Haus verbrennen, ihre Kleider stehlen und sie im Keller frieren lassen, aber immer blieb sie die Besitzerin einer kleinen dämmrigen Höhle.

Am Ende eines langen, trockenen Tages, der sie mit seinen Widerwärtigkeiten ermattet hatte, taten sich für sie die Haselzweige auf, sie fiel mit dem Gesicht auf warmes Laub und tauchte in der schwingenden Stille unter.

Kurze Zeit vor ihrem fünfzigsten Geburtstag ergab es sich, daß sie in jene Gegend kam, in der sie ihre erste Kindheit verbracht hatte.

Sie erkannte das gelbe Haus nicht wieder. Wie im Schlaf stieg sie von der sonnenheißen Straße zur kleinen Brücke nieder. Aber es gab keine Höhle mehr. Der Bach hatte sich in einen betonierten Graben verwandelt und Ruths Höhle war zu einem Abfallplatz für zerbrochenes Geschirr und alte Konservendosen geworden. Überhaupt sah die Gegend aus, als sei ein riesiges Geschöpf mit seiner bösen harten Hand darüber hingefahren.

Ruth stand im weißen Sonnenlicht und konnte nicht weinen. Die nächsten Tage verbrachte sie in ängstlicher Erregung und versuchte sich durch Geschäftigkeit zu betäuben. Nachts lag sie schlaflos und las in dicken Büchern, die sie nichts angingen und die sie gar nicht verstand. Bei Tag schien ihr das Licht greller als je zuvor und alle Dinge und Menschen traten ihr ungebührlich nahe und zwangen sie dazu, geängstigt die Augen zu schließen.

Eines Vormittags ging sie weg, um Dinge einzukaufen, die sie in Wahrheit gar nicht brauchte, die ihr aber plötzlich sehr notwendig erschienen.

In einer ganz unbekannten Straße fand sie sich wieder und bemerkte, daß sie in die Auslage einer Apotheke starrte und eine Reklame las.

Eine Straßenbahn hinter ihrem Rücken kreischte in der Kurve, und Ruth fing an zu zittern.

»Bei Schmerzzuständen aller Art ›Adolorin‹«, las sie, und plötzlich war ihr, ein Fahrzeug biege um die Ecke und rase in sie hinein. Schon spürte sie den brennenden Schmerz im Rückenmark, als die Tür der Apotheke aufschwang und ein Herr heraustrat. Ruth ging an ihm vorüber und stand vor einem Marmorpult mit vielen Flaschen, Dosen und Tiegeln.

»Adolorin«, flüsterte sie, »gegen alle Schmerzzustände.«

Der Apotheker lächelte vertraulich und beugte sich über das Pult vor. Sie steckte das Päckchen ein, zahlte automatisch und begriff, daß man von ihr erwartete, sie werde wieder fortgehen, fort aus der guten, grünen Dämmerung. Aber sie wollte nicht gehen, sie wollte und konnte nicht. Draußen kreischte das große elektrische Tier und die Sonne wartete darauf, sie in die Augen zu stechen.

Jemand sagte: »Ist Ihnen nicht gut?« Sie schluckte zwei Tabletten und trank viel kühles Wasser. Dann lag sie in einem kleinen Raum auf einem braunen Wachstuchsofa und war allein. Auch hier war grüne Dämmerung. Sie sah vor sich ein Regal mit Gläsern und Porzellantiegeln, auf denen lateinische Namen standen.

In diesen weißen Behältern stak der Tod, hundert verschiedene Tode, deren Namen schwarz und exakt auf das weiße Porzellan gepinselt waren.

Ein Löffelchen davon stärkte das Leben, zehn Löffelchen verwandelten es in den Tod. Es gab keine Grenze, nur Übergänge. Das Leben konnte nicht wirklich enden, und der Tod wuchs schon im Keimling.

Ruth rollte sich auf dem Wachstuch zusammen und spürte, wie die Wärme der Medizin sie durchdrang. Der dunkle, angsterstarrte Klumpen in ihrer Brust schmolz und strömte in eiligen roten Wellen durch sie ihn.

Mühsam öffnete sie noch einmal die Augen und sah, halbbetäubt vor Müdigkeit, das leuchtende, tränennasse Gesicht der schönen Braut aus einem der weißen Behälter aufsteigen. Sie sah die dunklen Augen auf sich gerichtet und glaubte, die Arme danach auszustrecken, während sie bewegungslos lag. Süß war der Triumph zu wissen, daß die Höhle wiedergekommen war. Aus zwei weißen Tabletten war sie auferstanden und zog sie tief in sich hinein.

Gleich darauf raschelte das alte Laub an ihrer Seite, der zarte, bittere Duft der Waldrebe senkte sich auf Ruth, und die sanften Atemzüge der schönen Braut berührten ihre Schläfe.

Der Vater verreist

Als Professor Paulus Haider fünfundsechzig wurde, fanden seine Angehörigen, er verändere sich. Seine Spannkraft schien nachzulassen und er brachte seiner wissenschaftlichen Tätigkeit nicht mehr das frühere Interesse entgegen.

Diese Veränderung, die kaum merkbar eingesetzt hatte, wurde später immer augenscheinlicher. Auch körperlich war ein merklicher Verfall eingetreten. Der Professor wurde völlig kahl und ließ die Schultern nach vorne sinken. Alle diese Anzeichen des nahenden Alters versuchte er wohl noch einige Jahre zu verbergen, und diese Bemühungen verliehen ihm oft ein unglückliches und verkrampftes Aussehen, das die Aufmerksamkeit seiner Umgebung erst recht auf ihn lenken mußte.

Später begann es seine Frau zu stören, daß er vergaß, auf ihre Fragen zu antworten. Wenn sie ihn ansprach, hob er kaum den Blick oder sah sie ärgerlich an und machte eine abwehrende Handbewegung. In derartigen Momenten erinnerte er sie zu sehr an den begabten, aber ungehobelten Bauernburschen, als den sie ihn kennengelernt hatte. Und sie liebte es nicht, daran erinnert zu werden.

Immer hatte sie in der Meinung gelebt, eine glückliche Ehe zu führen. Der Professor hatte als Lieblingsschüler ihres Vaters alle Erwartungen erfüllt, die man an seine geistige Entfaltung geknüpft hatte, und hatte letzten Endes seinen Lehrmeister übertroffen. Er war eine Berühmtheit in seinem Fach, hatte immer gut ausgesehen, und sie betrachtete ihn als ihren Besitz, wie man ein Haus oder Grundstück besitzt und sich damit vor den anderen hervortut.

Und sie empfand es als eine grobe Ungebührlichkeit, daß das Schicksal ihr nun diese Freude schmälern wollte.

Sie wollte stolz sein auf ihren Gatten und fühlte sich tief beschämt, als seine Spannkraft nachzulassen schien und sie in den Mienen seiner Mitarbeiter manchmal leises Mitleid lesen mußte.

Einmal versuchte sie mit ihrer Tochter Susanne darüber zu sprechen, aber das Mädchen wich ihren Anspielungen geflissentlich aus.

Susanne war die Veränderung an ihrem Vater nicht entgangen, aber da sie wünschte, niemand außer ihr möge sie bemerkt haben, verschloß sie ihre zunehmende Sorge in ihrem Herzen und schwieg.

Es gab Tage und Stunden, in denen sie glaubte, dem Vater so nahezustehen wie als Kind. Ein belangloses Gespräch zwischen ihnen konnte plötzlich abbrechen und nach Minuten eines Schweigens, das das Mädchen als ruhiges Glück empfand, sich allmählich weiterspinnen.

Es wäre ihr aber nie eingefallen zu denken oder zu sagen, daß sie ihren Vater liebe. Sie trug nur das leise, beglückende Bewußtsein ihrer Zusammengehörigkeit mit sich, und das gab ihr jene Ruhe und Sicherheit, um die ihre Freunde sie beneideten.

Es tat ihr weh, daß der Professor sich nun auch von ihr entfernte und Wege zu gehen schien, auf denen sie ihm nicht folgen konnte.

Sie ahnte, daß er, ohne es vielleicht selbst zu wissen, auf die Suche nach seinem ursprünglichen Ich gegangen war, das er immer weiter hinter sich gelassen und lange Zeit ganz vergessen hatte. Und sie begriff, daß es in jener fernen sagenhaften Welt für sie keinen Platz gab.

Als sie das verstanden hatte, beschloß sie, ihren Vater unter ihren Schutz zu nehmen.

Sie war es nun, die die neugierigen Besucher davon abhielt, ihn mit Fragen zu quälen, die für ihn längst unwichtig geworden waren. Niemand sollte ihn stören auf seiner beschwerlichen Wanderung und in eine Welt zurückrufen, die für ihn kaum noch Wirklichkeit besaß.

Susanne sah die Morgenpost durch, während ihr Vater einige Zimmer weiter vor seinem großen Schreibtisch saß und vor sich hinstarrte. Obgleich die Julihitze über der Stadt brütete, fror er, und wie so oft in der letzten Zeit dachte er, das Mittel gegen diese Kälte finden zu können, wenn es ihm gelänge, seine Gedanken auf diesen Punkt zu konzentrieren. Aber es gelang ihm niemals, er mußte sie ganz und gar vergessen haben, jene Medizin, die ihn erlösen hätte können. Es war ihm nichts geblieben als die

Erinnerung daran, daß es sie gab und daß er sich vor langer Zeit ihrer bedient hatte.

Dieses Nichtfindenkönnen quälte ihn sehr. Er besaß natürlich genügend Einsicht, um sich zu sagen, es sei seiner unwürdig, sich mit verschwommenen Gefühlen zu belasten. Zeitlebens hatte er kühle Klarheit angestrebt und seine Gefühle stets unter der Kontrolle seines wachsamen Geistes gehalten. War es nicht ein Hohn, daß ausgerechnet ihn in seinem Alter eine derartige Schwäche überfallen mußte.

Er stand auf und lehnte sich ans Fensterbrett, mit dem Rücken zur Sonne. Die Hitze drang durch den Lüsterrock und brannte auf seiner Haut, gleichzeitig fror er noch immer. Der Eisklumpen tief innen in seinem Leib war weder mit Ofenwärme noch mit Sonnenglut zu schmelzen.

Ist es so, wenn man alt wird, dachte der Professor, und er fürchtete sich.

In diesem Augenblick klopfte jemand an die Tür. Der Professor wußte, daß es seine Tochter war, aber es kostete ihn leise Mühe, sie zu rufen.

Dann stand sie, groß, schlank und blond vor ihm. Er sah sie eine Zeitlang an und empfand plötzlich ihre kühle Blondheit als Mangel oder Fehler und ärgerte sich gleichzeitig über seine Ungerechtigkeit. Sie war ganz seine Tochter, jeder Zug ihres Gesichtes glich dem seinen, was fehlte ihr also? Sie ist genau wie ich, dachte er, aber die alte Befriedigung über diese Tatsache stellte sich nicht ein.

Er faßte nach ihrer Hand, sie fühlte sich kalt an, und er ließ sie wieder los. Einen Augenblick lang war er in Versuchung, sie nach dem Heilmittel gegen sein Leiden zu fragen, aber sie fror wohl selbst in ihrem glatten, weißen Körper.

Zögernd strich er mit der Hand über ihr Haar und sagte: »Ich verreise, Susanne«, und als er das leise Hoffnungslicht in ihren Augen sah, fügte er rasch hinzu: »Aber ich kann dich nicht mitnehmen, ich komm' ja auch sehr bald zurück.«

Das Mädchen ließ die Arme sinken.

»Es ist recht, Papa, laß es dir gut gehn.«

Als sich die Tür hinter ihr geschlossen hatte, fühlte sich

der Professor erleichtert. Er hatte gesagt, er werde verreisen und nun mußte es auch geschehen. Noch nie hatte er einen Entschluß rückgängig gemacht.

Er kleidete sich in seinem Schlafzimmer um und fand im Schrank einen alten, abgetragenen Lodenmantel, den er früher für Bergpartien benützt hatte. Obgleich er nicht wußte, wohin er reisen wollte, schien ihm dieser ganz unrepräsentable Mantel das geeignete Kleidungsstück für sein Unternehmen.

Er nahm auch kein Auto, sondern ging zur Bahn. Einmal erinnerte er sich, daß er vergessen hatte, sich von seiner Frau zu verabschieden, aber dieser Gedanke fiel sogleich von ihm ab.

Während er durch den Park ging, wo die Tauben im Staub badeten, bemächtigte sich seiner eine leise Erregung.

Er fuhr mit der Hand über die Stirn, als gäbe es da noch einen ungebändigten Schopf zurückzustreichen, und spürte mit Verwirrung die kahlen Schläfen unter den Händen.

Als ganz junger Mensch hatte er manchmal nachts geträumt, später war sein Schlaf traumlos geworden.

An die Träume seiner Jünglingszeit erinnerte er sich plötzlich deutlich. Wie in ihnen schritt er durch eine unfaßbar veränderte Stadt. Am Bahnhof löste er ein Billet dritter Klasse nach jener winzigen Station, die plötzlich in riesigen Lettern vor seinen Augen stand.

Während er durch das fliegenbeschmutzte Fenster des Abteils blickte, auf die weidenden Rinder und Pferde auf den halb abgegrasten Wiesen, wuchs seine Erregung zu einer prickelnden Sehnsucht an.

Er fühlte, wie sich der Eisklumpen in seinem Leib bewegte und mußte ein paarmal schlucken.

Natürlich wußte er, daß er einer kindischen Anwandlung nachgegeben hatte. Seit seinem zwölften Jahr hatte er sein Elternhaus nicht gesehen. Längst gehörte es fremden Leuten.

Nachdem er den Zug verlassen hatte, schien ihm das Stationshäuschen, die Bäume, ja selbst das Gebirge viel kleiner, als er alles in Erinnerung hatte. Aber schon nach wenigen Minuten hatte er sich daran gewöhnt, und die

Gegend unterschied sich in keiner Weise mehr von jener alten, vergessenen Landschaft, die in ihm geschlafen hatte, um plötzlich aufzustehen und ihn an sich zu ziehen mit allen Gräsern, Bäumen und Bächen.

Er erkannte jedes Gehöft am Weg wieder, und die Namen aller Kinder fielen ihm ein, die mit ihm die Schule besucht hatten.

Was mochte aus ihnen geworden sein?

Damals waren sie alle gleichartig gewesen wie Geschwister, alle sonnenverbrannt, mit struppigem Haar und niemals sauberen Händen und Füßen. Heute mochten sie grauhaarig oder kahl sein wie er, aber ihre Hände waren gewiß braun und hart wie Horn.

Er fühlte sich dem Ziel seiner Reise nahe und verbarg seine weißen welken Hände in den Manteltaschen.

Als er das Gehöft seiner Eltern hinter der Biegung auftauchen sah, verlangsamte er seinen Schritt.

Zögernd näherte er sich dem Haus. Es hatte sich kaum verändert. Eine neue Scheune war angebaut worden, und das Dach war mit altersgrauen Schindeln gedeckt. Zu seiner Zeit war es mit Stroh gedeckt gewesen, mit großen braungrünen Moosflecken darauf.

Da er fürchtete, angesprochen zu werden, schlug er einen Bogen und schritt von hinten auf das Haus zu.

Dort stand das Gras zwischen den buschigen Obstbäumen dunkelgrün und saftig. Ein Schaf blökte klagend und lief im Kreis um den Pflock, an den es gebunden war.

Der kleine Gemüsegarten schien ein wenig verwildert zu sein. Aber es standen noch dieselben Blumen rund um den Zaun wie vor mehr als fünfzig Jahren. Um diese Jahreszeit waren es riesige Dahlien und Georginen in glühenden Farben. Daneben standen die Sträucher der Schwertlilien und Pfingstrosen und das lichte Grün der Herzblumen.

Aus dem abgehauenen Schneeballbaum war ein schlanker junger Stamm hervorgewachsen.

Während der Professor auf die brennenden Dahlien niedersah, tat etwas in seiner Brust sehr weh. Er wußte, daß er etwas versäumt hatte, was nicht wieder gutzumachen war.

Mühsam trennte er sich vom Anblick des Gartens und

ging vor das Haus. Dort setzte er sich auf die Bank in die Sonne. Eine weiße Katze rieb den runden Kopf an seiner Hand und starrte aus schmalen Augen ins Licht. Ohne es zu wissen, streichelte er ihr knisterndes Fell.

Später kam der Bauer über den Hof und lud den alten Mann im schäbigen Mantel ins Haus. In der Stube setzte sich der Professor auf die Ofenbank, und der Bauer brachte ihm Brot und Most. Er kaute langsam die dunkle Rinde und trank den Apfelmost in kleinen Schlucken.

Alle seine Sinne erinnerten sich plötzlich mit brennender Deutlichkeit. Der Geschmack des Brotes, der warme, säuerliche Geruch aus der Küche und das eintönige Summen der Fliegen an den Fensterscheiben, alles überfiel ihn mit Gewalt. Es war gar nicht nötig, die Augen zu öffnen. Er sah die hagere Gestalt seines Vaters im Herrgottswinkel und rund um den Tisch die Schar seiner Geschwister, den Knecht und die Mägde. Nur ein Platz blieb leer, der Platz seiner Mutter, die er als Kind verloren hatte.

Er erinnerte sich ihrer nur undeutlich als einer schweren, dunklen Gestalt. Ihre vollen Arme und die Wärme ihres breiten mütterlichen Leibes waren ihm als Kind bedrohlich erschienen. Sie war die dunkle Macht aus einem Land, dem er nicht angehörte, und nur in der allerhöchsten Not hatte er sich schluchzend in ihren Schoß gestürzt und das kleine Gesicht an ihren Leib gepreßt.

Aber er war ihr entronnen und blond, kühl und hager geworden wie sein Vater. War sie nun unterwegs, um ihn ungestüm zurückzufordern?

Der Professor schauderte.

Er erhob sich, dankte für den Imbiß und ging auf die Straße. Der Bauer sah ihm erstaunt nach, denn der alte Mann wankte wie ein Betrunkener. Er überlegte, ob er ihn zurückrufen solle, aber dann unterließ er es aus Trägheit und Unlust und wandte sich ab.

Ohne sich umzublicken, wanderte der Professor die Felder entlang der Station zu.

Die Sonne stach, und schwarze Wolken ballten sich über den Wäldern. Ein paarmal versuchte der Professor rascher auszuschreiten, aber seine Knie waren merkwürdig schwach. Er hatte schon lange keinen Apfelmost getrunken gehabt.

Endlich erreichte er den Wald und blieb stehen. Früher hatte ein Teil des Waldes zum elterlichen Hof gehört und war als Viehweide benutzt worden. Auch jetzt sah er die weißen Leiber der Rinder zwischen den Stämmen durchleuchten und kletterte ein wenig ungeschickt über den Zaun.

Der Anblick der Tiere erfüllte ihn mit Stolz und Befriedigung. Es war seine Aufgabe gewesen, sie zu hüten. Zu diesem Zweck hatte es irgendwo unter den Bäumen eine kleine Rindenhütte gegeben, einen Unterschlupf, in den er sich bei Regenwetter verkrochen hatte.

Plötzlich schien es ihm sehr wichtig, diese Stelle zu finden. Er irrte eine Weile zwischen den wiederkäuenden Rindern umher und fand endlich den Platz. Auch eine Rindenhütte stand und unterschied sich in keiner Weise von seiner Rindenhütte.

Der Professor setzte sich auf einen gefällten Baum und betrachtete die Rinder. Zwei halbwüchsige Kälber gerieten aneinander und stießen sich mutwillig mit den Köpfen. Er war nahe daran, die beiden zu trennen, als er sich plötzlich besann, daß das ja nicht mehr sein Amt war. Dann begann es zu donnern, und die ersten Tropfen fielen. Der Professor zog sich in die Rindenhütte zurück. Sie war mit Moos ausgepolstert, offenbar hatten Kinder darin gespielt. Der Regen wurde heftiger und prasselte auf das Dach des Häuschens nieder. Die Kühe hatten sich unter die Bäume zurückgezogen und drückten sich gegen die Stämme. Das Regenwasser rieselte über ihre Flanken und die großen gesenkten Schädel.

Der Professor begann vor Kälte und Feuchtigkeit zu zittern; er drückte das Kinn an die angezogenen Knie und wartete. Plötzlich fuhr ein Windstoß über ihn hinweg und riß das halbe Rindenzelt mit sich.

Ein Schauer von nassen Fichtennadeln peitschte ihm ins Gesicht. Das Wasser stürzte vom Himmel. Der alte Mann kroch ganz in sich zusammen und drückte das Gesicht in ein Stück trockenes Moos. Während sein Körper fror und bebte, breitete sich in seinem Inneren eine sanfte Wärme aus.

Es war dunkel vor seinen Augen, als sein Mund im Moos versank. Er fühlte sich geborgen und gerettet. Der

Duft seiner Mutter war es, der da aus dem nassen Waldboden stieg, dieser Geruch nach Backofenwärme, Kräutern und Milch.

Als sich das Gewitter verzogen hatte, stand der Professor auf und ging zur Station.

Später ließ er die Begrüßung und die Vorwürfe seiner Frau ruhig über sich ergehen und lächelte seiner Tochter wie einer Verbündeten zu. Dann mußte er aber rasch zu Bett gehen, weil seine Zähne laut aufeinanderschlugen.

In den folgenden Tagen verließ Susanne nur selten das Krankenzimmer. Sie gab sich keiner Hoffnung hin. Der Professor ließ sich ohne Widerstand in die Krankheit fallen. Da er so offensichtlich wünschte, sie alle zu verlassen, konnte man ihn nicht zurückhalten.

Alles, was sie tun konnte, war, für seine Ruhe zu sorgen. Still saß sie am Fußende seines Bettes und wartete, ohne ihren Vater anzublicken.

In der Morgendämmerung des neunten Tages starb er in einem Augenblick, als Susanne und der Arzt eben das Zimmer verlassen hatten, als habe er auf diese Minute der Einsamkeit gewartet.

Die Vergißmeinnichtquelle

»Stört es dich nicht, wenn so laut geredet wird?« fragte ich die Kranke mit einem Blick auf die Besucher an den anderen Betten.

»Nein«, sagte sie, »ich habe mir schon früher angewöhnt, nur das zu hören und zu sehen, was ich hören und sehen will.«

Ich besuchte sie jeden Nachmittag. Meist schlief sie, wenn ich ins Zimmer trat und erwachte erst unter meinem Blick wie auf einen sanften Befehl.

Sie sollte einige Tage später operiert werden und ich wunderte mich über ihre Ruhe und Gelassenheit; sie schien wirklich nicht die geringste Angst zu verspüren, obgleich sie wußte, daß diese Operation über ihr Leben entscheiden würde.

Am Tag vorher besuchte ich sie eine Stunde früher als gewöhnlich und trat leise an das Fußende ihres Bettes.

Sie schlief ruhig, und es fiel mir auf, wie zeitlos ihr Gesicht im Schlaf aussah. Es konnte ebensogut einem kranken Knaben gehören wie einer alten Frau; nichts war darin zu lesen als eine erschöpfte Hingabe an den Schlaf.

Während ich auf sie niederblickte, schlug sie plötzlich die Augen auf und sagte: »Die Vergißmeinnichtquelle«, dann, geweckt von ihrer eigenen Stimme, schrak sie leicht zusammen und ihre schlafverdunkelten Augen wurden durchsichtig wie Wasser.

»Hab' ich etwas gesagt?« fragte sie zögernd.

»Ja«, entgegnete ich, »irgend etwas von Vergißmeinnicht. Vielleicht«, fügte ich rasch hinzu, als ich den erschreckten Ausdruck ihres Gesichtes bemerkte, »vielleicht hast du geträumt.«

»O ja«, flüsterte sie, »ich muß geträumt haben, immer wenn ich plötzlich erwache, vergesse ich meine Träume, aber jetzt kommt die Erinnerung langsam zurück. Alles war wieder da ..., alles wie damals ...«

Sie besann sich auf meine Gegenwart und lächelte mir ein wenig verlegen zu. »Hoffentlich«, sagte sie, »hältst du mich jetzt nicht für wunderlich!«

»Erzähl nur«, bat ich sie.

Es schien mir, als müsse sie einen leichten Widerwillen überwinden, ehe sie zu sprechen begann.

»Ich muß weit zurückgehen«, sagte sie, »bis zu meinem vierzehnten Lebensjahr. Wir wohnten, wie du von deiner Mutter gehört haben wirst, in einer sehr waldreichen Gegend. Ich war das Jüngste von vier Geschwistern und, vielleicht weil meine Mutter bei meiner Geburt schon über vierzig war, ein wenig zarter als meine drei Brüder. Aber ich war ein durchaus normales Kind, lebhaft und unternehmungslustig und nicht besonders zum Träumen geneigt.

Mit vierzehn Jahren wurde ich plötzlich krank, so sehr, daß der alte Hausarzt mich aufgab und jedermann mit meinem Tod rechnete. Da dieses Sterben sich aber hinzog, gewöhnte man sich schließlich daran und ging seiner Arbeit nach wie früher.

Es war im Frühling. Mist wurde ausgefahren, die Steine aus den Wiesen gerecht und der Garten umgestochen.

Jeden Tag nach dem Mittagessen kamen mein Vater und meine Brüder an mein Bett und sahen verlegen und bekümmert auf mich nieder. Sie hatten alle große, rauchblaue Augen mit überhängenden Lidern, was ihnen ein schläfriges Aussehen verlieh. Meist rochen sie nach umgegrabener Erde, Seife und Holz, und ich fühlte mich ein wenig beschämt, weil ich so hilflos im Bett liegen mußte. Nachdem sie mich so eine Weile betrachtet hatten, pflegte mein Vater mir mit seinem Taschentuch ungeschickt die feuchte Stirn abzuwischen. Seine Augen wurden dabei ganz dunkel, und er wandte sich schwerfällig ab und ging zur Tür, meine Brüder folgten ihm schweigend.

Ich wußte, daß ich sterben sollte, irgend jemand hatte es gesagt und es machte mir eigentlich nicht viel aus. Wahrscheinlich sterben Kinder sehr leicht.

Ich hatte keine Schmerzen, fieberte immerzu und konnte nichts essen. Von Zeit zu Zeit erlitt ich einen Hustenanfall und glaubte zu ersticken. Wenn ich diesen Krampf kommen fühlte, stieß ich mit einem Stock, den man an mein Bett gelehnt hatte, gegen den Fußboden und sogleich stürzte meine Mutter oder eine Magd, die sich gerade in der Küche befand, die Stiege herauf, nahm mich in die Arme und schüttelte mich heftig hin und her, als ob sie mir auf diese Weise Luft verschaffen könnte.

Nach einem derartigen Anfall fiel ich immer in einen erschöpften Schlaf, aus dem ich schweißgebadet erwachte.

Auf diese Weise muß ich acht Wochen oder noch länger gelegen sein, und man wartete jede Nacht darauf, daß ich sie nicht überleben würde. Meine Taufpatin kam aus der Stadt, um mich noch einmal zu sehen, und brachte mir ein Sterbekreuz mit. Es war sehr alt, aus Ebenholz, Perlmutter und Altsilber. Sie versicherte mir, daß mit diesem Kreuz in Händen schon mehrere Leute ruhig und zufrieden gestorben seien, unter anderen ein heiligmäßiger Domherr. Ich freute mich über das zierliche Geschenk, soweit ich mich überhaupt noch freuen konnte, und legte es auf mein Kopfkissen, um es immer bei der Hand zu haben und vor allem, weil es in der Sonne in allen Farben schimmerte. Bestimmt wäre ich ebenso zufrieden gestorben wie der Domherr, wenn ich nicht nach einer besonders hustenreichen Nacht fieberfrei erwacht wäre. Zunächst wollte es kein Mensch glauben, am allerwenigsten der alte Doktor, der mir seit dieser Genesung nie mehr so ganz über den Weg getraut hat.

Als ich aber zu essen anfing und verlangte aufstehen zu dürfen, begann man endlich zu glauben, daß ich also doch nicht sterben werde, und die täglichen feierlichen Besuche meiner Brüder hörten allmählich ganz auf. Dafür saß nun mein Vater öfters an meinem Bett und las mir aus ›Brehms Tierleben‹ vor, allerdings nie länger als eine halbe Stunde. Dann wurde er unruhig, begann seine Pfeife zu stopfen und trat auf den Gang hinaus. Dort hörte ich ihn auf und nieder gehen und wartete ungeduldig darauf, daß er seine Pfeife wieder einstecken und gestärkt zu mir zurückkommen und weiterlesen werde.

Selber konnte ich damals nicht länger als ein paar Minuten lesen, weil dann die Buchstaben vor meinen Augen zu zerfließen drohten, wahrscheinlich war ich noch viel schwächer, als ich wußte.

Es war schon gegen Ende Mai, als man endlich dazukam, die Schweine schlachten zu lassen, was wegen meiner Krankheit immer verschoben worden war. Wie immer am Schlachttag, herrschte schon seit dem frühen Morgen große Aufregung, und kein Mensch hatte Zeit für mich übrig. Vater war weggefahren, da er jede Unruhe im Haus haßte, und hatte meine beiden jüngeren Brüder mitgenommen, damit sie nicht unnütz im Wege stehen konnten. Erst am Vormittag, nachdem ich schon ungeduldig mit dem Stock geklopft hatte, brachte mir unser junger Hauslehrer das Frühstück ans Bett.

Er fühlte sich grenzenlos überflüssig und kränkte sich darüber, daß er in diesem Haus niemals seine Unterrichtsstunden regelmäßig abhalten konnte, was seine ganze Sehnsucht zu sein schien. Er stellt sich an mein Bett und prophezeite mit düsterer Stimme, daß meine Brüder niemals ihre Prüfungen bestehen würden und daß er, als ihr Lehrer, sich dann an der höchsten Tanne erhängen werde.

Ich schmauste ziemlich vergnügt meinen Kaffee und nahm seine Drohung, die er übrigens ständig gebrauchte, nicht ernst, denn ich wußte, daß es in unserer Gegend überhaupt keine Tannen gab. Tatsächlich hat sich der Ärmste einige Jahre später erhängt, aber das geschah nicht in unserem Haus und auch nicht an einer Tanne, sondern an einem Fensterhaken.

Nachdem mich der traurige Hauslehrer verlassen hatte, überfiel mich die Langeweile. Ich hörte das Lärmen aus dem Erdgeschoß und stellte mir vor, daß der Schlächter angekommen war und in der Küche seine Jause verzehrte.

Plötzlich kam mir der Gedanke, daß ich eigentlich einmal aufstehen könnte, ich fühlte mich kräftig und ausgeruht und hatte in der vergangenen Nacht nicht viel gehustet.

Vorsichtig stieg ich aus dem Bett, zog meinen blauen Schlafrock an und tastete mich, da man meine Schuhe weggesperrt hatte, barfuß die Stiege hinunter. Leise stahl ich mich zur Hintertür hinaus und stand nun seit vielen Wochen zum erstenmal im Freien. Ich fühlte die Wiese unter meinen Füßen und schloß geblendet die Augen vor dem gleißenden Sonnenlicht. Langsam und ohne zu denken schritt ich durch die Wiese. Das Gras reichte mir bis zu den Knien, und ich fühlte nur ganz schwache Gewissensbisse, weil ich wagte, es rücksichtslos wie ein Sommerfrischler zu zertreten.

Als ich den Waldrand erreicht hatte, setzte ich mich hinter einen Holzapfelbaum und blickte zurück. Ich sah den Schlächter, angetan mit einer weißen Schürze, würdevoll hinter dem Knecht über den Hof schreiten. Dann vernahm ich die aufgeregten Stimmen der Mägde und das durchdringende Quieken der beiden Schweine, die aus ihren Verschlägen gezerrt wurden.

Der jämmerliche, nervenzerreißende Ton ließ mich schaudern und trieb Schweißtropfen auf mein Gesicht.

Angewidert stand ich auf und trat in das Dickicht ein. Vor mir lag der große Buchenwald, der sich einen langgezogenen Bergrücken hinauf erstreckte und den zu besteigen ich mir immer gewünscht hatte. Besonders jene Linie, wo die Umrisse der Bäume sich scharf vom hellen Himmel abhoben, hatte es mir angetan.

Nur ein einziges Mal war ich so weit gekommen, daß ich mich dem Scheitel des Berges nahe gefühlt hatte, aber da hatte ich plötzlich Angst bekommen und von einem Gefühl der Einsamkeit erschreckt war ich den Berg mehr hinuntergefallen als gelaufen und hatte lange Zeit keinen Fuß mehr in den Wald gesetzt.

Während ich also in die schattige Waldeshöhle eintrat, beschloß ich in neuerwachender Abenteuerlust, den Kamm des Berges zu ersteigen. Obgleich mir niemand etwas Derartiges erzählt hatte, gab ich mich der Vorstellung hin, daß sich da oben eine bewaldete Ebene ausbreiten müsse, und ich stellte mir diese Ebene unendlich groß und geheimnisvoll vor.

Ich kletterte den steilen Hang hinauf, hielt mich an den Wurzeln der Bäume fest und rutschte mit nackten Füßen über den glatten, mit trügerischem Laub bedeckten Boden. Es war eine sehr anstrengende Kletterei und ich bekam wenig Luft. Trotzdem arbeitete ich mich verbissen vorwärts. Manchmal erlitt ich einen Hustenanfall, mußte die Wurzeln loslassen und glitt ein gutes Stück zurück. Dann blieb ich mit wildschlagendem Herzen einige Minuten im Laub liegen, das ich bei meinem Absturz mitgerissen hatte. Ich sah die Sonne durch die hellgrünen Buchenkronen sickern und wünschte, so liegenbleiben zu dürfen. Aber mein Eigensinn zwang mich dazu, mich wieder aufzurichten und die beschwerliche Reise fortzusetzen.

Ich mußte schon lange unterwegs sein, als ich mich einmal in der Gegend umsah und das Gefühl hatte, noch nie so weit vorgedrungen zu sein. Eine steile Anhöhe lag noch vor mir, aber ich ahnte, daß es das letzte Hindernis war, das ich noch zu überwinden hatte, und schlug von neuem meine Finger in die Ausläufer der Wurzelstöcke und zog mich immer weiter den abschüssigen Boden hinauf. Ich weiß nicht, wie lange ich brauchte, um dieses letzte Stück zurückzulegen, aber ich erinnere mich deutlich an den Augenblick, als ich meinen Kopf über den steilen Hang vorschob und plötzlich ohne jeden Übergang die Ebene vor mir lag.

Zunächst verspürte ich heftige Erregung darüber, daß sich also meine Ahnungen als richtig erwiesen hatten. Ich zog meine Beine nach und blieb eine Weile knien. Soweit ich sehen konnte, lag der Boden zwischen den Stämmen flach vor mir, eine riesige schattige Mulde. Sobald mein Herz sich ein bißchen beruhigt hatte, ging ich weiter, jetzt ganz langsam und ohne Hast, gerade in das Herz des Waldes hinein.

Ich sah, daß die Bäume hier höher und stärker waren als auf der Berglehne, ja, je weiter ich vordrang, desto mächtiger schienen sie mir zu werden. Der Boden war moosig und feucht, und kein Sonnenstrahl drang mehr durch die Kuppel der Baumkronen. Auch ohne mich umzublicken wußte ich, daß ich die Richtung verloren hatte. Die Bäume schlossen sich lautlos hinter mir, die Stämme rückten näher aneinander, aber ich fürchtete mich nicht. Einmal versuchte ich an die Schweine und den Schlächter zu denken, aber es wollte mir nicht gelingen, sie waren plötzlich in unendlich weite Ferne gerückt, und ich zweifelte daran, daß es sie überhaupt je gegeben hatte.

Es gab nichts anderes mehr als Wald.

Flüchtig durchzuckte mich der Gedanke, daß ich nun wahrscheinlich mein Leben lang zwischen riesigen Stämmen auf dem feuchten Moos weiterwandern müßte, aber ich fühlte keine Angst. Allmählich begann sich der Wald zu verändern, ich merkte es zuerst am gedämpften Licht und an dem Schatten der Blätter an den Stämmen, die Buchen waren von gewaltigen Eichen verdrängt worden, und ich staunte darüber, denn ich wußte, daß es in unserer Gegend sehr wenig Eichen gab. Plötzlich öffnete sich der Wald, und ich sah vor mir eine Lichtung, in deren Mitte ein langgestrecktes Holzhaus lag. Immer hatte ich geglaubt, alle Leute in weitem Umkreis zu kennen oder wenigstens von ihnen gehört zu haben, und ich konnte nicht begreifen, wie es gelungen war, dieses Haus so lange vor mir geheimzuhalten. Es war nicht eine der üblichen Holzknechthütten, sondern ein richtiges Haus aus sehr dunklem, fast schwarzen Holz, mit hohem Giebel und kleinen Fenstern ohne Scheiben.

Halb blind vor Erregung lief ich durch das hohe, harte Gras der Lichtung und stieß die angelehnte Tür des Hauses auf.

In einem dämmerigen, geräumigen Vorhaus stand ein hochgewachsener alter Mann, umringt von einer Meute von Hunden, die an ihm hochsprangen und nach kleinen Brotstücken schnappten, die er ihnen zuwarf.

Als die Hunde mich erblickten, stürzten sie mir laut heulend entgegen, und ich begriff nach einer kleinen Schrecksekunde, daß sie vor Freude heulten. Diese fremden, braunen Hunde mit den langen, hängenden Ohren sprangen an mir empor, überschlugen sich und wuschen meine Arme und Beine mit ihren nassen, warmen Zungen. Sie waren wie toll vor Freude und drängten mich an die Tür, bis ich kaum noch atmen konnte.

Endlich, als ein scharfer Pfiff ertönte, ließen sie von mir ab und zogen sich widerwillig zurück.

Der alte Mann trat auf mich zu und legte seine Hand mit einer sanften Geste auf mein Haar. Es war eine schwere Hand, und ich beugte meinen Hals wie unter einer unerträglichen Last. Als er die Hand wieder zurückzog, sah ich sein Gesicht; es war länglich, von einem kurzen Bart umrahmt, mit durchsichtigen Augen über einem hohen Nasenrücken. Obgleich ich es noch nie gesehen hatte, war es mir nicht fremd, und ich ertappte mich bei dem ungehörigen Verlangen, den alten Mann liebkosend am Bart zu zupfen, eine Vertraulichkeit, die ich mir nicht einmal gegen meinen Vater erlaubt hätte.

Der Mann faßte mich am Ärmel und schob mich durch die nächste Tür in den anstoßenden Raum.

›Wir müssen zu ihr gehen‹, sagte er und zwinkerte mir

auf eine Weise zu, die mich sogleich zu seiner Vertrauten machte.

Wir standen in einer ›schwarzen Küche‹, und ich stieß einen leisen Ruf des Staunens aus, denn ich kannte derartige Küchen nur aus den Erzählungen alter Leute und hatte noch nie eine gesehen. Sie war schwarz von Rauch und Alter, und ein beißender Selchgeruch hing in der Luft.

In einer Ecke, über eine offene Feuerstelle gebeugt, stand eine Frau und rührte in einem kleinen Kessel, der an Ketten von der Decke hing. Als sie sich umwandte und uns entgegentrat, sah ich, wie kräftig und grobknochig sie war. Unter den schmalen dunklen Augen standen die Jochbögen hoch unter der straff anliegenden Haut. Ihr Gesicht verzog sich, als sie mich sah, und sie riß mich mit einer ungestümen Bewegung an ihre Brust und drückte mein Gesicht so heftig an sich, daß ich zu erstikken fürchtete. Der rauchige Geruch ihres Kleides schien mir vertraut und gut, und in plötzlicher Aufwallung befreite ich mich aus ihrer Umschlingung und küßte sie auf die lederharte Wange. Sie hatte ein dunkles Tuch um das Haar gewickelt auf eine Weise, die mir unbekannt war und die mir sehr kühn und gefällig erschien. Obwohl sie sich über mein Kommen zu freuen schien, sprach sie nicht zu mir, aber sie ließ mich nicht los, tastete immer wieder mit den Händen über mein Haar und Gesicht und zog mich schließlich zu einem dunklen glänzenden Tisch in einer Ecke und drückte mich auf die Bank nieder.

Der Mann setzte sich mir gegenüber, und ich bemerkte, daß er einen Rock aus Hirschleder trug und um die Mitte einen Gürtel mit einer großen Schnalle aus Horn, in die eine Jagdszene eingeschnitzt war.

Die Frau brachte einen Krug mit Most an den Tisch und einen angeschnittenen Brotlaib, von dem mir der Mann ein Stück abschnitt. ›Iß und trink‹, sagte die Frau, und ich freute mich über ihre Stimme, die tief und dunkel klang.

Ich fühlte mich plötzlich hungrig und durstig und hob den Krug an den Mund. Der erste Schluck schmeckte so herb, daß mir eine Gänsehaut über den Rücken lief, aber bald kam ich einer verborgenen Süßigkeit auf die Spur, und ich glaubte, niemals etwas Köstlicheres getrunken zu haben. Das Brot war grobkörnig und schmeckte nach einem Gewürz, auf das ich mich nicht besinnen konnte. Wenn ich die Zähne zusammenbiß, fühlte ich feinen Sand dazwischen, und es schien mir, als sei ich schon einmal an diesem Tisch gesessen mit dem grünen Krug vor mir und dem knirschenden Brot im Mund.

Ich blickte nieder und sah die Hände der alten Leute auf der Tischplatte liegen, die der Frau graugelb und breit und die des Mannes schmal, rotbraun und voll kleiner Risse und Schrunden. Und dazwischen, mit dem dunklen Brot, lagen meine eigenen Hände, weiß und abgezehrt von der Krankheit.

Die Hunde drängten zur Tür herein, krochen unter den Tisch, und einer von ihnen sprang auf die Bank und legte den schönen Kopf auf meine Knie.

Und wieder biß ich in das Brot und hörte den feinen Sand knirschen.

Eine ungewisse Erinnerung erwachte, eine Stimme, die irgend etwas zu mir sagte, aber ich konnte sie nicht verstehen, immer wieder schob sich etwas davor und sie verlor sich in ein schwaches Murmeln. Gequält blickte ich auf und sah, wie der alte Mann den leergetrunkenen Krug von sich schob.

›Hol Wasser ..., hol Wasser‹, murmelte die Stimme jetzt deutlicher. Ich stand auf, nahm den Krug und ging wie im Traum auf die Tür zu. Die Frau streckte die Hand aus, als wolle sie mich am Ärmel zurückhalten, aber der Mann winkte ihr ab und nickte mir gütig zu.

So trat ich ins Freie und ging über die Lichtung. Aus dem Küchenfenster sah der Hund, der seinen Kopf auf meine Knie gelegt hatte, aus vertrauten braunen Augen unverwandt auf mich. Seine feuchte Schnauze glänzte, und die langen Ohren bewegten sich sachte im Luftzug.

Die alten Leute sah ich nicht.

Ich ging über die kleine Waldwiese, bog um einen großen, niedrigen Busch und stand vor der Quelle.

Sie entsprang in einer Mulde zwischen den Eichen und war umwuchert von einem breiten Kranz tiefblauer Vergißmeinnicht. Das Wasser rann über eine ausgehöhlte Holzrinne in eine kleine Lache und versiegte im Moos.

Ich beugte mich nieder und berührte die blauen Blüten mit der Stirn. Ein unbeschreibliches Entzücken erfüllte mich, und ich hörte mich leise und überwältigt schluchzen. Als ich mich erhob und abwandte, fiel der Krug aus meiner Hand.

Waldwiese und Holzhaus waren verschwunden.

Ich schloß die Augen, öffnete sie wieder und begann zu zittern, eingeengt zwischen riesigen Stämmen sah ich nichts mehr als sie und, wenn ich den Kopf hob, das grüne Blättergewimmel ihrer Kronen.

Da begann ich zu laufen. Ich erinnere mich nicht mehr an diese Flucht. Ich muß mich an den Bäumen gestoßen haben und bin sicherlich mehr gefallen als gelaufen, denn als ich endlich neben dem Holzapfelbaum auf die Wiese kroch und mein Elternhaus vor mir liegen sah, blutete ich an Händen und Knien und fühlte einen dumpfen Schmerz hinter der Stirn.

Ich taumelte mit zitternden Beinen über die Wiese und fiel nieder auf dem Kellerdach, das mit einem Pelz von Pfingstnelken bewachsen war.

Es mußte schon nach dem Essen sein. Der Schlächter hatte die Schweine zerhackt, und wenn ich den Kopf über den Rand des flachen Daches schob, sah ich den Knecht und meinen Bruder die Fleischstücke in den Keller tragen. Die alte Magd trug ein Schaff voll quellender Gedärme zum Bach, um sie auszuwaschen. Der aufsteigende Geruch nach frischem Fleisch und Blut machte mich schwindlig und ließ mich in die blühenden Nelken zurückfallen. Das letzte, was ich hörte, waren die Schritte der Männer aus dem Kellergewölbe, dumpf und hallend ...

Als ich erwachte, war es kalt.

Meine Mutter beugte sich über mich und sah mich entsetzt und böse an. Sie nahm mich auf die Arme und trug mich in mein Bett, das zu ordnen noch niemand Zeit gefunden hatte.

Alle warteten in dieser Nacht darauf, daß ich nun doch sterben müßte und sie legten das Kreuz in meine Hände.

Aber ich schlief dreißig Stunden lang, und als ich erwachte, saß mein Vater neben meinem Bett und stopfte seine Pfeife.

Übrigens hab' ich mich nie danach erkundigt, wie es auf dem Rücken des Berges wirklich aussah, aber ich weiß natürlich, daß dort keine riesigen Eichen wachsen und kein Holzhaus stehen konnte.«

Sie wandte den Kopf vorsichtig zu mir und sah mich ernsthaft an.

»Siehst du«, sagte sie, »heute habe ich die Eichen gesehen und den Geruch des dunklen Hauses geatmet, diesen Geruch nach Moder, Rauch und etwas Uraltem. Gerade als ich mein Gesicht über die wuchernden Vergißmeinnicht beugte, hast du mich geweckt mit deinem Blick.«

»Dafür«, sagte ich, »müßtest du mir eigentlich böse sein.« Sie lächelte. »Was kann nach der Vergißmeinnichtquelle noch kommen als ein entsetztes Erwachen? Du hast mich im Augenblick des größten Entzückens von dort weggenommen und mir die Ängste der Flucht erspart.«

Sie zögerte ein wenig. »Verstehst du jetzt, weshalb ich mich nicht fürchte vor morgen? Es kann mir in Wahrheit nichts Schlimmes geschehen, denn alles, wonach ich in meinen Träumen vergeblich die Hände ausstreckte, wird mir gegeben werden, oder ich werde vergessen, daß ich es jemals gewünscht habe.«